Angerer d. J.
Strandhüpfer Positano 77

Manfred van Well

KAMPF UND VISION

Angerer der Ältere Angerer der Jüngere

Konfliktbilder der Gebrüder Angerer in der Zusammenschau mit historischen Darstellungen

Bruckmann München

Schutzumschlag-Vorderseite
unter Verwendung von Abb. 1, 32, 50, 53

Schmutztitel: Angerer der Jüngere,
Strandhüpfer, 1979.
Federzeichnung,
laviert und weiß gehöht,
25:29 cm

Konzeption, Titel und Titelgestaltung
stammen von Angerer dem Älteren.

Das Layout des Bildteils
»Metallische Zeiten« besorgte
Wolf Hachtmann.

Herstellung: F. Bruckmann KG, München,
Graphische Kunstanstalten
Printed in Germany
ISBN 3 7654 1936 2

Inhaltsverzeichnis

Angerer der Ältere, Apokalypse 1983.
Feder- und Pinselzeichnung auf aquarelliertem Papier, 20,5:28,5 cm

Kampf und Vision des Malers

Dieses Buch soll wohl nicht ein reiner Kunstband sein. Die Künstler unternehmen so aus ihrer visionären Sicht, den geschichtlichen Menschen in seinen Verstrickungen darzustellen. Das Leben ist zwar nicht nur Kampf, aber der Kampf ist ein Teil menschlicher Geschichte gewesen. Kampf heute – wie wir es bei Angerer dem Älteren und Angerer dem Jüngeren sehen –, Kampf gestern und vorgestern, zurück bis zu den Ägyptern, das sind 5000 Jahre Menschheitsgeschichte und zugleich 5000 Jahre immerwährende Geschichte von Kriegen und Kämpfen. Es gab nie den Sieg für immer und auf Dauer, deshalb auch die vielen absurden Darstellungen des Krieges bei zeitgenössischen Künstlern und denen der Vergangenheit. So war es einmal, so ist es in dem Teil der Welt, in dem wir leben, nicht mehr. Der Mensch in der hochgerüsteten, industrialisierten Welt, die sich in Blöcken formiert gegenübersteht, dieser Mensch von heute ist im Gegensatz zu der gemalten Geschichte von früher in der Lage, sich und seine Welt total auszulöschen. Danach ginge nichts mehr weiter und es gäbe nichts mehr, auch keine Geschichte und keine Maler.

Gegensätzlichkeit als Konflikt sieht man auch, wenn man die beiden Zentralbilder dieses Buches »Das Welttheater« von Angerer dem Älteren und »Der Kampf ums Schloß« von Angerer dem Jüngeren vergleicht. Zwei Brüder, in ihrer altmeisterlichen Maltechnik ähnlich: Jedoch welch unterschiedliche Welten! An Angerer des Älteren Fernsicht oder Überschau in klarer architektonischer Ordnung ist der Konflikt nicht vordergründig erkennbar, jedoch bei genauerem Hinsehen erkennt man die tiefe Tragik dieses Bildes. Angerer der Jüngere hingegen ist in dem chaotischen Kampfgewühl ein Teil dieses Konfliktes. Sein dynamisches »Jeder gegen Jeden« trägt anarchistische Züge. Es zeigt aber auch seinen ungebrochenen, kreativen Lebenswillen.

Beide Bilder befinden sich im Haus von Hans Buck in Bad Reichenhall. Die unmittelbare Nähe der beiden Räume, in denen sie aufgehängt sind, schafft Abstand, aber fordert zugleich den Betrachter zum Vergleich auf. Wie sein Urteil auch sein mag, beide Bilder haben eines gemeinsam, sie sind Mahnungen zum Frieden. Eine Friedensliebe jedoch, die man beim Betrachten der Bilder empfindet, wäre weltfremd, wenn man sich nicht bewußt wäre, daß dieser Friede, den wir im Unterschied zur gemalten Geschichte der beiden Angerer erleben, auch Vorsorge, Fürsorge und Sicherung benötigt.

Georg Leber

Angerer der Jüngere, Stelzenmänner, 1984. Radierung, 43:59 cm

»Kunst ist die Aktualisierung des eigenen Körperbildes«

William Niederland

»Gestaltung ist Erlösung«

Max Beckmann

I. Bewegung und Betrachtung

Begegnung mit den Gebrüdern Angerer und einige vergleichende Bemerkungen

»Mehr nach rechts! Mehr nach links!« sagt Margit, die Frau Angerers des Älteren. Wir stehen vor dem »Welttheater« *(Abb. 1)* und zeigen in die Landschaftstiefen, wie man von der Seilbahnstation eines Berges zu einem See hinunterzeigt. Ein Foto soll gemacht werden mit Angerer dem Älteren und mir. Und der Zustand des Gemäldes wird fixiert. Denn noch sind Monate Arbeit nötig.

Das war im Februar 1983.

Am Nachmittag sitze ich vor dem Bild. Vor mir stürzt der Wasserfall zu Tal. Brückenbastionen schieben sich über die Tiefe. Margit Angerer erzählt mir, welche Landschaft im Salzburger Raum für den Felsen rechts in der Mitte des Bildes Vorlage war. Angerer der Ältere spricht von der blauen Kuppel im Bild *(Abb. 9)*. Eine der kleinen, wassergefüllten Glaskugeln, in denen man Schnee über einer Landschaft hochwirbeln lassen kann, hat hier inspirierend gewirkt. »Eine Kindheitserinnerung und ein Symbol der intakten, abgeschlossenen Welt«, sagt er.
Die Krieger gleißen im Licht *(Abb. 2)*. Und ein Satz mit »Lichteffekt« war es auch, der aus dem Wagner-Text zum »Parsifal« seinen Teil zur Bildgestaltung beigesteuert hat. Der junge Held berichtet von seiner ersten Begegnung mit Rittern, als hätte er einer Lichterscheinung beigewohnt: »...und einst am Waldessaume vorbei, auf schönen Tieren sitzend, kamen glänzende Männer, ihnen wollt' ich gleichen.«
Licht gleißt auch auf anderen Bildern der Wohnung. Es ist so, als ob die Architekturen auf den Zeichnungen Angerers des Älteren ins Licht hochwollten. Wir sprechen vom Rätsel der Vorhänge, die »Neugier wecken, öffnen und verdecken« und vom Licht. In einem geborstenen Tempel hat Apollo den Platz der Giebelspitze eingenommen. Sein Kopf ist die Sonne.
Wir sind wieder beim »Welttheater« angelangt. Ich seh fern am Horizont das Licht einbrechen. Da, wo die Urgewässer im Glanz des ersten Tages zu schwimmen scheinen, stehen drohenden Felstürmen auf der anderen Seite Felsgebilde gegenüber, die – kniend wie betende Stifterfiguren – das Licht empfangen. Ich höre, daß diese Gegensätze aus der Ausbalancierung der Formen entstehen. Aber ich sehe die betenden Felsen. »Es ist schön, im Detail an einer großen Sache zu arbeiten«, sagt Angerer der Ältere.
Am nächsten Nachmittag bin ich bei Angerer dem Jüngeren. Eine Perchtenmaske von den Winterumzügen des Berchtesgadener Landes ragt mit kantiger Nase und dämonischer Fröhlichkeit in den Raum vor. Erst später wird mir bewußt, daß kein Zufall diese Maske hierher geführt hat. Von der Wand blickt ein Fuchskopf auf die Sitzenden herunter. Ein gehörntes Fellgeschöpf, das auf Grünewalds »Versuchung

des heiligen Antonius« durch die Lüfte reitet, ist ebenfalls anwesend. »Alles spielende Natur«, sagt Angerer der Jüngere, »wir sind ein Stück Natur. Wer in der Natur aufgeht, nimmt sich als Einzelwesen nicht mehr so wahr.«

Angerer der Jüngere dreht an seinem Ring, den er selbst entworfen hat, wie man im Märchen an Ringen dreht. Ist nicht der grüne Opal auf der beweglichen Goldplatte des Rings ins Gemälde eingegangen, und zwar gleich mehrfach *(Abb. 31)*? Wie ein glänzendes Relief erscheint das Großbild »Der Kampf ums Schloß« *(Abb. 32)* mit seinen plastisch vorspringenden Eisenkriegern. Das Schloß *(Abb. 40)*, fern im Bild, vor dem sich Bewaffnete, kaum noch auszumachen, bewegen, steht jetzt als rostiges Original auf dem Tisch vor mir. Die Schlüssel liegen da. Die Schlüssel sind im Bild. »Die Kraft dieser Wohnung ist übergesprungen«, denke ich. »Die Schönheit der Metalle, die Schwingungen und Wölbungen, man kann sie hier und dort empfinden.«

Das Treppenhaus Angerers des Jüngeren ist eine Bildergalerie menschlicher Verstrickungen. Ein buntbizarrer Knurrhahn hat sich auf dem Kopf eines Tiefseetauchers festgesetzt. Ein Hornist ist zum Horn geworden. Ich denke an Bosch und Arcimboldo, die auch Menschen aus den Gegenständen ihrer Besessenheit phantastisch charakterisierten. Eine überdimensionale, kahlköpfige Kleiderpuppe steht unten an der Haustür.

Regina Angerer macht mich darauf aufmerksam, mit welcher Lust da metallische Gespenster auf einem Bild im Morgendunst tanzen. Ein kleiner Scherz: Der Hausherr hat sich verwandelt. Er sitzt in goldbrokatener Jacke vor dem großen Gemälde und zeigt mit silberbeknauftem Lackstock auf die Figuren und in die Landschaftstiefen. »Leben ist Widerspruch«, sagt er, »Metall wird durch Wasser gesteigert, und Stachliges steigert das Runde.«

Widersprüche, denke ich, auch bei den Brüdern, und wie deutlich auszumachen auf den Schlachtenbildern. Da schuf sich der eine riesige Landschaften für seine Ideen und Pläne, und der andere stand mitten im Gedränge und schilderte dies Gedränge. Da genoß der eine den Überblick und der andere die fühlbare Nähe. Da suchte der eine das Licht und der andere die glänzenden Dinge. Die Fernsicht begegnete der Nahsicht. Das Hochformat stand dem Breitformat gegenüber. Da war Ruhe und da Unruhe. Da war ein Betrachter und da ein Beweger.

Doch in der Kraft, mit der diese Bilder gebaut waren, lag die Übereinstimmung. Die Säulen und Schlüssel ragten wie Symbole der Selbstbehauptung in den unendlichen Raum, der dunkel war bei beiden. Aber die Säulen und Schlüssel ragten in das Dunkel auf.

Angerer der Ältere,
Skizze zu dem Gemälde
»Welttheater« (Abb. 1), 1981.
Federzeichnung, 26:19 cm

»Ohne meine Margit und ihren Zuspruch in den Krisen, die bei der Arbeit immer wieder lähmen, wäre dieses Bild nie zustandegekommen. Ich möchte ihr das ›Welttheater‹ widmen.«

Angerer der Ältere

II. Allgegenwärtige Drohung

Zum »Welttheater« Angerers des Älteren

In einer Gondel treibt ein Mann dicht in der Nähe eines Wasserfalls, und das Boot wirft einen lieblichen Schatten ins Wasser *(Abb. 8)*. Ist es ein Idylliker, der in Gefahr schwebt? Ein Waghalsiger, der seine Nerven prüft? Oder ein Wissender, der ruhig seinem Untergang entgegensieht?

Der Blick geht zurück, immer weiter zurück – wie von einer Hintergrundfigur auf einem Bild Jan van Eycks – und erfaßt das Gesamtpanorama einer weiten, lichtgleißenden Landschaft zwischen hochragenden Goldsäulen, die in die Draperien des Himmels steigen. Wir stehen vor dem »Welttheater« Angerers des Älteren *(Abb. 1)*.

Durch ein gewaltiges Wetterloch ergießt sich Licht über die Urgebirge und Gewässer und über die Länder der miteinander verfeindeten Systeme, zwischen denen die Brücken zerstört sind.

Tief unter sich sieht der Betrachter das im Licht aufleuchtende Schlachtenrondell, und die Gepanzerten erscheinen ihm aus dieser Höhe als ein pünktelndes Getümmel silberner und goldener Ameisen. Wo die goldenen in der Überzahl sind, drängen sie die silbernen in einer tödlichen Spirale in den Abgrund. Wo die silbernen dominieren, stürzen die goldenen in die Tiefe. Auf beiden Seiten aber strömt ununterbrochen der Nachwuchs ins Gefecht. Auch die Sieger werden irgendwann unerbittlich von den Nachrückenden in den Abgrund gedrängt. Nach dem Gesetz der Zeit. Euphorisiert von Fahnen und Feldzeichen ziehen sie dahin. Und alle werden stürzen in die blauen Unendlichkeiten des Raums… der Nacht… der Lebensnacht.

Angerer der Ältere sieht die Kriege der Nationen als ein absurdes Zahlenspiel an. Siege und Niederlagen werden von Fortuna nach beiden Seiten hin verteilt, wenn man die Vorgänge aus großem Blickwinkel betrachtet. Straßburg wurde 1871 wieder einmal deutsch, kam 1919 erneut an die Franzosen, wurde 1940 noch einmal deutsch, um dann 1945 wieder französisch zu werden. Es ist, als sähe man gigantischen Hunden zu, die sich um einen Knochen balgen.

Recht? Wer fragt da nach Recht? Der Gott der Geschichte heißt Stärke. Das ist der einzige Gott, der von Machthabern respektiert wird. Wer das Bild Angerers des Älteren betrachtet, sieht Menschenmassen, die Menschenmassen besiegen. Und er sieht das Gesetz der Zeit, nach dem wir alle Verlierer sind. Früher oder später.

Goldene Säulen ragen auf als Pfosten des Theaters. Wie goldene Lebensbäume und goldene Kräfte. Aber es sind auch goldene Gefahren. Rubinrote Glut soll die Giganten beschleunigen. Wohin es geht? In den Weltraum, der auch Kriegsraum sein kann. Das da sind zugleich Raketen. Und die Rubinröte besteht aus radioaktiven Brennstäben. Wir leben im Raketentheater. Gigantische Energiepotentiale stehen sich gegenüber, und jeder fühlt die Last dieses Wissens. Es ist die Angst unserer Zeit.

Eine spiralenartige Drehung kerbt die Goldsäulen. Man denkt an die gebündelten Kräfte der Völker. Aber gemeint ist auch der »Zug«, die eingeritzte Kurvenrille im Inneren eines Gewehrlaufs, die dem Geschoß Drall und Geschwindigkeit gibt.
Von den gigantischen Goldsäulen geht Drohung aus. Ist auch das Licht, der Sonnenwirbel am Horizont schon Ausdruck einer kosmischen Katastrophe? Erhellt ein atomarer Blitz die weite Landschaft mit gespenstischem Gleißen? Daß die Baustrukturen der Städte noch stehen, spricht gegen diese Vermutung. Eine eindeutige Auslegung gibt es nicht. »Die Möglichkeit der Erlösung ist nicht ausgeschlossen«, sagt Angerer der Ältere.
Ein Alpdruck lastet über dem Land. Ist es die Ahnung möglichen Grauens, die sich auch in den friedlichsten Augenblicken nicht vertreiben läßt? Und gibt es hier überhaupt Ruhepunkte? Wer das »Welttheater« Angerers des Älteren auch nur mit einem kurzen Blick überfliegt, wird spontan angezogen von der erleuchteten Kuppel, die wie ein glänzendes Auge hoch über der Landschaft strahlt.
Allein durch die Schönheit ihrer unaggressiven Form gibt die Orbitalstation *(Abb. 9)*, die mit dem Weltraum korrespondiert, eine Ahnung von Frieden und Ausgleich. Übrigens enthält sie eine Botschaft, über die noch zu sprechen sein wird.
Es verwundert nicht, daß in der Nähe der leuchtenden Kuppel so schmiegsam schwingende Formen wie die blauweißgeringelten Türme auftauchen. Sie stecken ihre Köpfe mit den facettierten Glasdächern zusammen *(Abb. 3)*. Ein Bild von Harmonie und Zuneigung. Solche Bauten hätten im Volksmund sicher bald ihren Namen. Denn der Volksmund drückt Formverwandtschaften und Ähnlichkeiten oft in sehr plastischer Sprache aus. Als Beispiel bietet sich hier vor allem ein vorgeschichtlicher Steinkreis in Cornwall an. Die Steine, die da im großen Rund stehen, scheinen sich – vorgeneigt wie glücklich tanzende Mädchen – zu drehen. Wer erfand diese Charakterisierung? Irgendwann war sie da: Man sprach von den »merry maidens«. Und wie würde man die schwingenden Architekturfiguren Angerers des Älteren nennen?
Bauten sind immer formgewordene Gebärden und sprechen mit ihrem Bewegungsrhythmus vom Lebensgefühl ihrer Erfinder. Hier sind Weichheit, Anmut und Zusammenklang im Spiel. Bewußtes und Unbewußtes hat die Konstruktion dieser Bündeltürme mitbestimmt. Der Münchner Lichtmaler ist fasziniert von der schwarzweißgestreiften Marmorfassade des Doms von Siena. Und es war seine Absicht, die geschwungenen Türme mit den facettierten Glasdächern aus seinem experimentellen Entwurf für ein Landtagsgebäude in das Bild zu übernehmen. Die Glaskuppeln, die hier in so organischem Miteinander gezeigt werden, wölben sich über lanzettförmig angelegten Baukörpern mit den Bugprofilen von Schiffen.
In früheren Zeiten beherrschten Burgen und Schlösser das Land. Auf dem Bild Angerers des Älteren stehen sich die Baukolosse der beiden Systeme wie biblische Einzelkämpfer gegenüber: Streitende, die sich abwartend belauern. Und zwischen denen Schweigen herrscht. Gefährliches Schweigen.
Mit imperialer Kraft schraubt sich auf der linken Seite des Bildes ein rotweißgeringelter Monumentalbau in den Himmel *(Abb. 8)*. Hier ordnet sich alles einem Linienschwung unter, und die Bewegung will ins Grenzenlose. Die Übermacht einer Idee wirkt wie eine Vergewaltigung der Natur.
Fern bleibt die himmelstürmende Kraft des Prometheus ahnbar... sein Protest... und seine Einsamkeit. Der Geist, aus dem der Turmbau von Babylon entstand, beherrscht das große Gebäude.
Eine Variante zu diesem Thema lieferte der russische Architekt Vladimir Tatlin im Jahre 1920 mit seinem futuristisch-dynamischen »Turm«, der wie eine himmel-

stürmende Achterbahn mit mehreren Schraubenwindungen in die Höhe kurvte. Drückte sich in seinem Turmmodell aber noch der zukunftsgläubige Schwung des Idealisten aus, so scheinen in der Turmspirale Angerers des Älteren die Erfahrungen des Jahrhunderts mit politischen Utopien ihren Niederschlag gefunden zu haben. Eigensinnig zurückgelehnt warnt diese Steinspirale mit ihrer abgebrochenen Bewegung vor Hochmut und Selbstüberschätzung.

Wieviel ruhiger erscheint dagegen der stützende Rundbau, aus dem sich der Rotweißgeringelte ins Unendliche dreht. An der Brüstung ist eine goldene Kugel wie ein kleiner Planet auf der Umlaufbahn zu sehen. Erwärmend und weich wirkt der kleine Goldball, der sich im Organismus des Bildes offenbar nicht zufällig gerade diesen Platz gesucht hat. »Die Goldkugel ist ein Symbol der Harmonie und der Sonne«, sagt Angerer der Ältere, »in ihr drücken sich Milde und Beständigkeit aus. Gold rostet nicht und setzt keine Patina an.«

Goldene Kugeln tauchen immer wieder auf im Werk des Münchner Künstlers. Auf seinen Bildern begegnet man überall den kleinen Sonnen. Und das Vorbild des himmlischen Wärmegestirns wirkt hinein in die architektonischen Schöpfungen. Auch da sind Kugeln und Halbkugeln, Kuppeln und schräge Kuppeln bestimmende Bauelemente *(Abb. 3)*. Eine besonders eigenwillige Erfindung ist seine kippende Kuppel, die mit der Tentakel ins Licht zielt. Man findet sie hier auf der linken Seite des Stroms.

Fern in der Ebene des »Welttheaters« scheint eine Schrägkuppel zu revoltieren gegen die Ruhe der ausgedehnten Stadt. Diese aufrührerische Kuppel entstammt einem Wettbewerbsentwurf Angerers des Älteren für die Opéra de la Bastille, eine Volksoper in Paris *(Abb. 8 und Text-Abb. S. 14)*. Der Münchner Malerarchitekt äußert dazu: »Die Schräglage des Raums soll mit ihrer irrationalen Wirkung die Besucher für das Illusionäre einer Opernaufführung sensibilisieren.« Architektonisches Ziel war es auch, die Erinnerung an das brodelnde Revolutionsjahr im bewegten Ausdruck des Bauwerks lebendig zu halten, eine Metapher der Energie zu schaffen. Ein Bild stellt sich ein: Es ist, als habe gärender Überdruck den Gebäudedeckel des Kuppelbaus in die Höhe getrieben.

»Planetarische Kuppeln« nennt Angerer der Ältere diese architektonischen Markenzeichen, die schon seit Jahren in seinem Werk auftreten. Gedanken an eine schwebende Raumstation sind im Spiel. Für Angerer den Älteren ist die »gestürzte Kuppel« Ausdruck der kosmischen Erfahrung unseres Zeitalters.

Die Beziehung zum Unendlichen ist das Thema, das ihn nicht losläßt. Wer, wie von einem Berg herab, den Blick in die Landschaftstiefen des »Welttheaters« gleiten läßt, spürt in sich den Urwunsch des Malers: zu fliegen, zu schweben und über den nach brueghelschem Vorbild angehobenen Horizont aufzusteigen in die großen Lichtmassen. »Es ist manchmal so, daß ich vor Lichtglanz nicht malen kann«, sagt der Künstler.

Er ist weltraumbesessen und besessen von der Schönheit des Lichts und antwortet mit totalen Landschaften, kolossalen Bauten und Lichterfindungen auf die grenzenlose Herausforderung. Angerer der Ältere beschreibt die Räusche des Raums und den quetschenden Druck der Welt. Mit der Last des Kapitellkopfs im Nacken hat er sich auf diesem Bild – zusammen mit Freunden – hoch auf der linken Goldsäule dargestellt. Qualvolle Enge, so festgeschmiedet zu sein und das buntgeschmückte Chaos der Eisenwelt tief unten zu sehen.

Da schimmern sie strahlend in der Sonne, die zum tödlichen Turnier eisern Maskierten. Licht feiert auf den Waffen ein Fest. Sechstausend Krieger(!) funkeln prächtig auf. Es ist einer der großen Genüsse des Bildes, diesen Farbenrausch zu sehen. Licht gleißt auf den Kleinen, den Wimmelnden, die gegeneinander zu Felde

Angerer der Ältere, Der Doppelmensch, 1984. Federzeichnung, 22:11,5 cm

ziehen. Maschinenmenschen sind es auf unsicherem Untergrund. Individuen, die zurücktreten bei diesen Völkerschauspielen. Es ist, als flatterten die Flaggen aller Nationen über den Heerscharen der Gerüsteten. Wind treibt seine Spiele mit den goldgelben, seidenroten und königsblauen Tüchern. Die Augen schwelgen. Die Sinne werden betäubt. Wie in einem Traumrausch warten die blauen Abgründe des Raums, durch deren luftige Tiefen Gewölbpfeiler auf- und niedersteigen *(Abb. 6)*. Bei den metallblinkenden, stürzenden Kriegern denkt man an Astronauten im Weltall oder an Fallschirmspringer, deren Schirm sich noch nicht geöffnet hat.

Das aus der Flugsicht geschilderte Schlachtengewimmel erinnert an ein Großbild des deutschen Renaissancemalers Albrecht Altdorfer, mit dem Angerer der Ältere sich intensiv auseinandergesetzt hat. Gemeint ist die 1529 entstandene »Alexanderschlacht« *(Abb. 53)*. In der gigantischen Inszenierung sieht man das kosmische Lichtschauspiel über den stürmenden und fliehenden Heeresmassen. Altdorfers Symbolbild schildert den Sieg des Abendlandes über das Morgenland.

Hier liegt der entscheidende Unterschied: Die Ebene zeitlicher Triumphe und Niederlagen wird im »Welttheater« verlassen. Nicht umsonst findet das Metallgemetzel auf einem Podest im unendlichen Raum statt. Der Krieg enthüllt sich als menschenmahlende Dauererscheinung.

Wer das »Welttheater« genauer betrachtet, sieht über dem Getümmel der Kämpfenden, über den kriegsergriffenen Massen, im weiten Halbrund angeleuchtete Köpfe: Jahrhundertfiguren, die mit ihren Büsten wie auf der Brüstung eines Stadions stehen. Es sind die Regisseure des Kriegsspektakels. Man erkennt Hitler, Stalin, Dschingis Khan, Napoleon und Einstein und spürt den Abstand zwischen ihnen und den im Licht flimmernden Heereszügen.

Doch auch die Dompteure der Völker sind nur Ausführende in einem größeren

Angerer der Ältere
Experimenteller Opernentwurf (Text S. 13)
für die Opéra de la Bastille

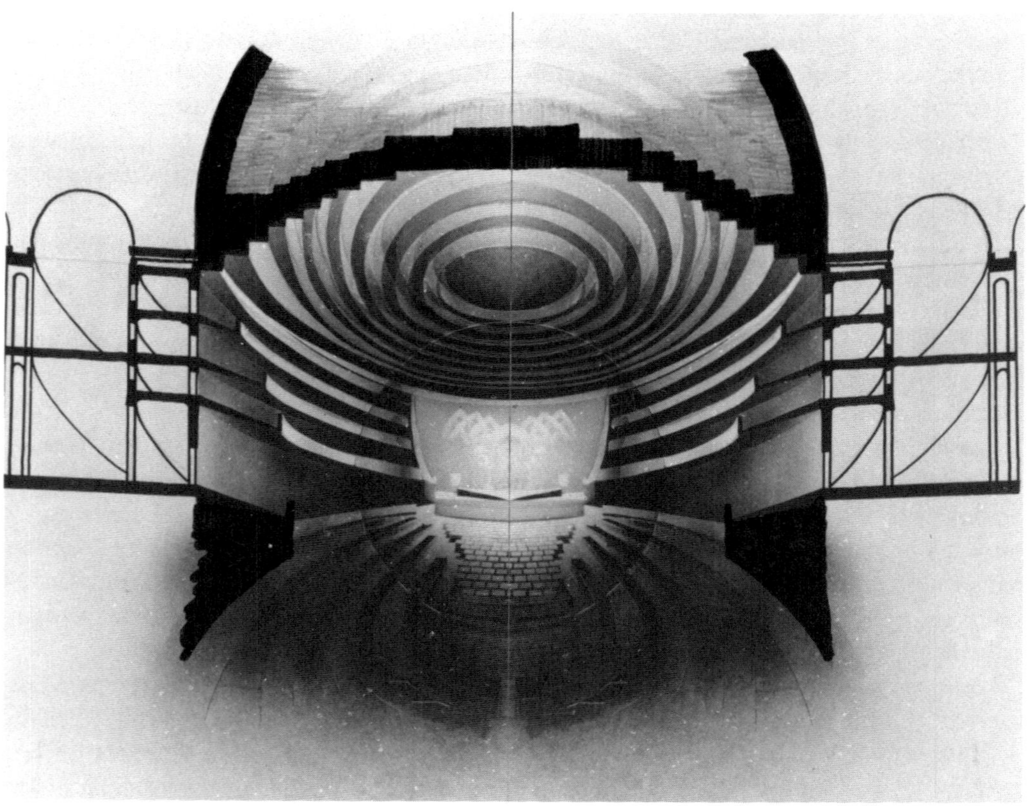

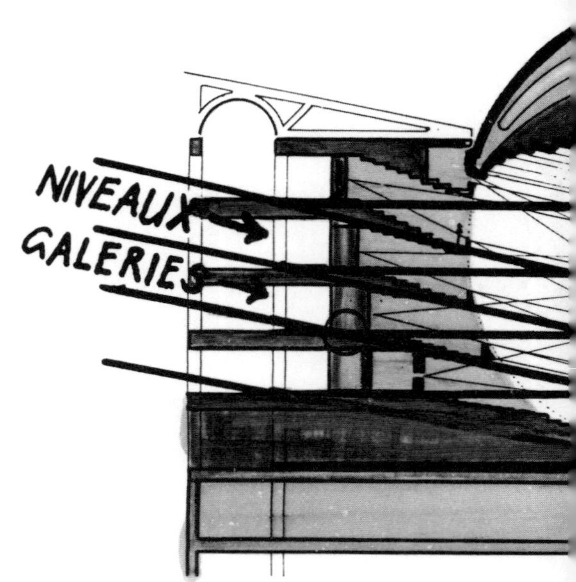

Schnittansicht
zur Bühne

Spiel. Das wird vor diesem Bild deutlich, wenn man die Goldsäulen betrachtet, die – hoch über den wimmelnden Massen – die Tücher des Himmels berühren. Symbole strotzender phallischer Kraft, verfremdet durch Kapitelle. Der erigierte Machtwille zielt in die wolkig weichen Falten. Das angreifende Yang-Prinzip trifft auf das hingebende Yin-Prinzip. Angerer der Ältere hat in der Metapher dieses Lebensbaums Natur, Kunst und Technik vereint: genitalstark, säulenstark, raketenstark.

Beim Blick auf das rote, feuerflüssige Magma, aus dem die goldenen Säulen aufsteigen *(Abb. 7)*, erinnerte ich mich an einen Satz von Ludwig van Beethoven: »Kraft ist die Moral der Menschen, die sich vor anderen auszeichnen. Und sie ist auch die meine.« Höllenrote Glutsuppe, hier ist der Ursprung der Formen, die dämonische Triebkraft der Erde.

Wie aber Energie genutzt wird, zeigen die Raketensäulen, die als Kabelstränge auch Metaphern für zielgebündelte Kräfte sind. Angerer der Ältere sagte einmal zu diesem Thema mit dem Blick auf das »Welttheater«: »Bei einem Bild von dieser Größe und so differenziertem Inhalt wird ein Künstler nur so lange von lähmenden und erdrückenden Depressionen befallen, bis er die vollkommenste Konzentration auf das kleinste Detail erlernt hat.«

Als Blickwanderer macht man im »Welttheater« überall Entdeckungen und entschlüsselt unversehens ein Plädoyer gegen jede einseitige Weltsicht. Denn – ganz auffällig – gibt es ja in beiden Lagern am Fuß der rubinglühenden Öfen Goldkugeln und goldene Lippenstifte, Symbole der Weltharmonien und Weltpotenzen, wobei der goldene Lippenstift als kleinerer Bruder des benachbarten Säulenriesen erscheint. »Die Kugel galt in der Alchimie als Symbol der Vollendung«, schrieb der bei Rom lebende Kulturkritiker Gustav René Hocke, »sie symbolisiert die geheimnisvolle Ordnung des Weltalls.« Hocke, ein großer Förderer surrealisti-

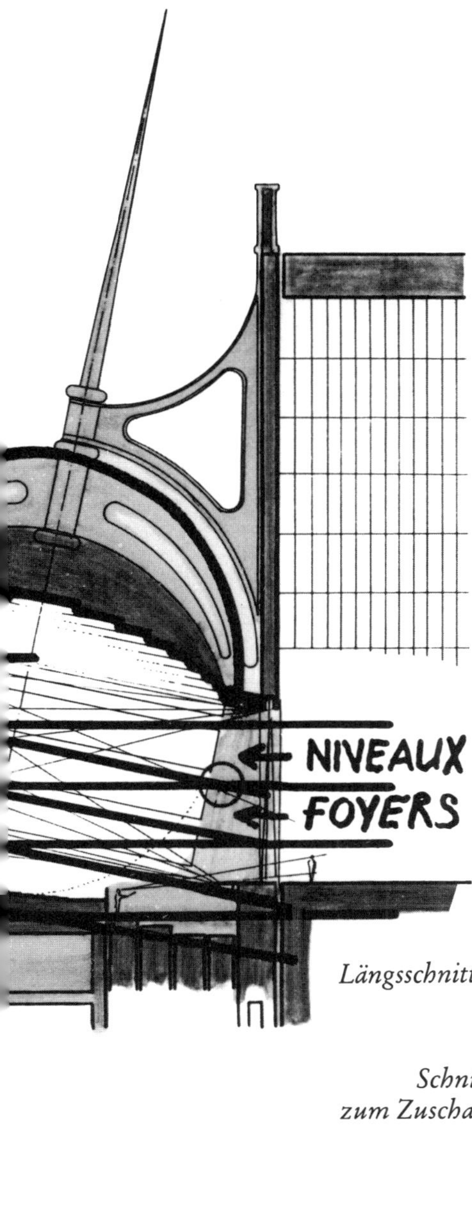

Längsschnitt

Schnittansicht zum Zuschauerraum

scher Künstler, wies in seinem Werk »Phantastik der Sehnsucht«, das die Arbeiten der Gebrüder Angerer behandelt, besonders auf die Bedeutung der Kugelform für die Wettbewerbsentwürfe Angerers des Älteren hin.

In drei Ovalen staffelt sich das Licht des »Welttheaters« mit zunehmender Stärke vom Rondell der Gerüsteten über den spiegelnden See zur Sonne hin. Welche Kraft läßt da einen Lupenstrahl zünden und strahlt da weichen Glanz aus? Wer bestimmt die Lichtverteilung, die so entscheidend ist? Sonnengedanken. Gedanken des Dunkels. Sonnenkraft und Schattenwut. In der Symbollandschaft dieses Bildes existieren alle Weltkräfte nebeneinander. Aus der Maueröffnung einer dunkelbewimpelten Burg, die unterhalb der Leuchtkuppel liegt, schießen schwarze Strahlen ins Land. »Es ist die Intrige, der Quell des Bösen«, sagt Angerer der Ältere, »die Düsternis, die von hier ausgeht, kann so stark sein, daß sie das Land verdunkelt.« Einem solchen Schicksalsturm begegnete er auch in Calderons Schauspiel »Das Leben ein Traum«. In seinem eigenen Werk taucht immer wieder der »Schattenturm« auf *(vgl. Abb. 21)*.

Das Thema »Annäherung« und »Ausgleich der Gegensätze« wird im »Welttheater« in immer neuen Variationen behandelt. Aus dem Unendlichen weht der weitgeöffnete Vorhang in die Bühne hinein und umschmiegt einhaltgebietend die starren Kontrahenten. Aber auch der Versöhnungswille kann erstarren und versteinern. So hat Angerer der Ältere den Faltenwurf wie die Marmordraperie eines venezianischen Grabmals gestaltet und Schlieren des Wetters herablaufen lassen. In der Höhe liegt blausamtiges Licht einer anderen Welt auf den Falten des Vorhangs.

Nicht ohne Schmunzeln verfolgt man über dem Abgrund die Annäherungsversuche der Brückenteile. »Ist es nicht so, als ob Dinosaurier sich beschnüffelten?« sagt Angerer der Ältere. Aber diese bauliche Pantomime reizt zu vielen Vergleichen. Links staken die Brückenpfeiler vorsichtig wie wilhelminische Damen in die Flut, und das Brückenende fühlert wie eine Raupe vor. Die rechte Brückenbastion hebt sich hinter den Rändern des herabschießenden Wasserfalls mit einem dynamischen Segelschiffsbug vom Licht der Ebene ab.

»Größte Güte ist wie das Wasser«, sagt Lao-Tse. Und mitten im See, im geschmeidig spielenden Wasser, steht das von Angerer dem Älteren entworfene »Deutsche Einheitsmonument« *(Abb. 3)*. Nach dem Willen seines Erfinders bleibt es geöffnet, solange die Teilung Deutschlands besteht. Einmal im Jahr, am 17. Juni, soll es für 24 Stunden geschlossen werden. Nach der Wiedervereinigung, im geschlossenen Zustand, wird es einmal im Jahr, am 17. Juni, geöffnet. Gibt es im Bild noch eine weitere Antwort?

Die erleuchtete Kuppel *(Abb. 9)* steht hoch auf dem Berg. Angerer der Ältere hat die blaue Himmelsfarbe vor den Abgrund des Dunkels gesetzt. »Ich erleuchte mich durch Unermeßliches«, schrieb der italienische Dichter Giuseppe Ungaretti. Die Lichthalbkugel auf diesem Bild ist auch ein Selbstporträt des Malers. Diese Gipfelstation steht für alle Berge der Welt, auf denen Künstler und Propheten am Unendlichen nippten. Die Scharen der Seligen wurden auf den Paradiesbildnissen früherer Zeiten in blauen Räumen dargestellt. Für Menschheitsträume des Friedens bleibt – hoch über dem vulkanischen Rot – die Farbe Blau. Wie ein Symbol der Ruhe und Besinnung glänzt die Lichtkuppel über den Ländern. In ihrem Inneren hat der Münchner Malerarchitekt die Welt des Bildes noch einmal aufgebaut. Ohne Schlachtenrondell. Und hier sind die Brücken wieder zusammengewachsen. Das »Deutsche Einheitsmonument« zeigt: Die Vereinigung ist erreicht.

»Was man auf einem Gegenstand sieht,
ist ein anderer, versteckter Gegenstand.«

Thomas Bernhard

III. Jeder kämpft gegen jeden

Zu dem Bild »Der Kampf ums Schloß« von Angerer dem Jüngeren

Angerer der Jüngere, Kämpfende, 1984. Feder- und Pinselzeichnung auf aquarelliertem Papier, 8,8:14,5 cm

Eine braune Nacht liegt über der endlosen Landschaft dieses Bildes *(Abb.32)*. Eine braune, bedrohliche Nacht, in der sich, fern am Horizont, ein weißer Feuerpilz erhebt *(Abb.38)*. Das Land schläft. Nein, es schläft nicht. Es wird heimgesucht von einem Spuk. Wie im Dunkel eines Alptraums sind Invasionskrieger gelandet. Metallische Wesen, die den Vordergrund des Bildes mit ihren turbulenten Auseinandersetzungen erfüllen. Sie drängen von links nach rechts und von rechts nach links. Chaotisch ist das Getümmel der ineinander verkeilten Roboter.

Metall stößt auf Metall in dieser lanzenstarrenden Landschaft, die überall auch vom Gold harmonischer weiblicher Rundformen blinkt. Voran! Voran! In ihnen allen ist der Trieb, sich mit äußerster Kraft an einem Vormarsch zu beteiligen, der keinen Aufschub und keine Pause kennt. Es ist, als manifestiere sich auf dem Bild Angerers des Jüngeren der Lebenswille in seiner nie nachlassenden Kraft. Gigantische Schlüssel ragen hoch wie Idole über den stürmenden Truppen in die Luft und erinnern an das Thema des Bildes. Denn um den richtigen Schlüssel geht es bei diesem »Kampf ums Schloß«: Sie alle wollen ihren Lebensschlüssel finden!

»Hier kämpft jeder gegen jeden«, sagt Angerer der Jüngere, »der Kampf hört niemals auf. Und die Drohung ist überall.« Selbst die Landschaft ist in Verteidigungsbereitschaft. Wer in die Tiefe des Bildes sieht, findet Festungen... Labyrinthische Burgen aus Stahl. Zwingburgen. Rundburgen. Und überall ist Macht – und abermals Macht.

Vor dem Schloß, das durch Festungswälle, Felsen und Wassergräben geschützt ist, steht ein schuppengepanzerter Superkrieger, der einen Laserstrahl in die Menge schickt. Der goldsilberne Roboter hält ein Schlüsselbund hoch in der rechten Hand. Und er selbst ist eine Schlüsselfigur und hilft das Bild zu entschlüsseln. Wer ihn genauer betrachtet, findet einen Hermaphroditen, ein Zwitterwesen mit männlichen und weiblichen Geschlechtsmerkmalen. Leitet sich daraus seine höhere Stellung in der Hierarchie der Kräfte her? Wächst aus dem Wissen um beide Möglichkeiten seine besondere Stärke?

Der Superkrieger steht, hoch über den rangelfreudigen Metallwesen, auf goldenen Stelzen, die den Begriff »Überblick« ins Bild umsetzen. Der Laserstrahl aus der Mundöffnung trifft einen Gepanzerten *(Abb.36)*, der gerade einen insektenhaften Eisenkrieger mit der Lanze bedroht. Dieser Strahl soll nicht töten, sondern eine Aktion beenden. Er zielt exakt auf ein ausführendes Organ, die Blechhand, die die Lanze umfaßt.

Durch sein Handeln hat der schlüsseltragende Roboter eine der konkretesten Angriffsaktionen des Bildes beendet. So ist er durch dieses Verhalten festlegbar und erinnert in seiner Funktion an die Engel mittelalterlicher Bilder bei ihren moralischen Strafgerichten. Nur daß der Roboter-Überkrieger Angerers des Jüngeren anderen Moralvorstellungen folgt. Auf Pieter Brueghels Bild »Der Sturz der auf-

rührerischen Engel« *(Abb. 54)* keilt ein geflügelter Himmelsritter mit seinem Schwert auf wild durcheinanderstürzende Wesen ein, in denen sich, in tierischer Verzerrung, die Sünden der Völlerei, der Unzucht und der Bosheit ausdrücken. Brueghel, selbst schon fern von mittelalterlichem Sündendenken, deutet hier sicher auch seine persönliche Ablehnung des Animalischen in der menschlichen Natur an.
Wie ganz anders ist der Symbolcharakter des Angerer-Kriegers zu sehen. Er greift ein, wenn einer aus den Scharen der unruhigen Metallwesen tödlich bedroht ist. Und ein Ensemble von Sinnbildern und hinweisenden Gesten berichtet von seiner Leitfunktion.
Bizarr öffnet sich hinter ihm ein grottenhaftes Schalentier. Angerer der Jüngere erläutert: »Die Muschel ist für mich das Geburtssymbol, die organisch faszinierende Möglichkeit, sich auszubreiten und sich zusammenzuziehen.« Die Muschel, eines der ältesten erotischen Symbole, ist auf diesem Bild besonders ausgestaltet und zeigt Verwandtschaft mit männlichen und weiblichen Geschlechtsorganen. Aber auch der Schlüssel, den der Roboter hält, unterliegt einer kleinen symbolischen Formveränderung, und hinweisenden Charakter dürfte auch die Zielrichtung der Bewegung haben.
Die Muschel verdeckt den äußeren Eingang zum Schloß. Eine zufällige Anordnung? Sicher nicht. Viel näher liegt die Erklärung, daß es diese Kräfte sind, deren Zusammenwirken den Suchenden der Lösung näherbringt. Wer die Muschel betrachtet, findet in den symbolischen Formen die Möglichkeiten des Lebens: Die Kraft und die Milde, das Geben und das Nehmen, das Handeln und das Ertragen. Wächst das Spiel aus der Vereinigung dieser Fähigkeiten? Es hat Maler vieler Jahrhunderte gereizt, Mars und Venus in traulichen Szenen darzustellen, und im Beisammensein des Kriegsgotts und der Liebesgöttin die Verschmelzung der Weltkräfte zu schildern. Die Angerer-Muschel aber legt noch einen anderen Gedanken nahe: Wie, wenn jeder von den Kräften des anderen lernen würde? Stark und mild wäre, handelnd und empfangend, fest und spielerisch?
In ihrer Vieldeutigkeit drückt diese so besonders gestaltete Muschel den Hauptcharakterzug des Bildes aus: Es ist die Idee der fließenden Bewegung, der dauernden Veränderung, des Übergangs zwischen den Gegensätzen. »Ich kenne kein Ende. Ich ergreife jede Möglichkeit. Ich nehme die Formen der Natur und führe sie weiter«, sagt Angerer der Jüngere, unter dessen zeichnenden Händen Köpfe zu Masken und Masken zu Köpfen werden. Ihn interessiert die Verwandtschaft der Formen und Bewegungen. Er sucht die gestaltenden Prinzipien und Baugesetze. »Verborgenes lauert überall«, sagt er, »man muß Dinge finden, die immer gewesen sind.« Auf den Handlungsdrang seiner Geschöpfe angesprochen, erklärt er: »Solange wir leben, bewegen wir uns. Später sind wir Luft, Erde und Wasser.«
»Wandlungen« heißt ein klassisches Buch der chinesischen Literatur. Und Wandlungen sind das Thema des Bildes. Wer die Kämpfenden genauer betrachtet, der wird bei diesen Lanzenträgern und Ballenträgerinnen zahlreiche burleske Züge entdecken. Turnierlanzen berühren goldene Hinterbacken *(Abb. 35)*. Dämpfe entweichen Trichtern. Lanzen durchdringen Ringe. Was bedeutet es eigentlich, wenn Schlüssel die Schlüssel durchstoßen? Wenn Lanzen die Schnecken beschatten? Wenn Nebel den Schlössern entfleuchen *(Abb. 36)*? Warten da kräftige Scherze à la Rabelais?
Bunt ist dieser Lebenszirkus. Bunt das Maskenspiel. Und Perlen fehlen nicht und nicht Opale. Standarten aus Gold werden mitgeführt. Die Herren tragen Perlen der Erkenntnis – wie Inder – zwischen ihren Augen *(Abb. 34)*. Eine andere Figur zieht mit einer Narrenkappe daher *(Abb. 37)*. Eine dritte spielt Versteck in einem

Angerer der Jüngere, Die Beute, 1983. Radierung, 20:14 cm

Goldhelm *(Abb. 35)*. Das Gesicht ist zu entspannt für einen, der unter dem Helm Unterschlupf sucht wie einer der Gejagten auf Brueghels »Sturz der aufrührerischen Engel« *(Abb. 54)*. Und es drückt auch nicht die Belastung aus, die Rembrandts Mann mit dem Goldhelm spürt. Hier ist das Gold der schönen Rüstung eher Ausdruck einer prächtigen Umwelt mitten im Getümmel. Und schelmisch schlingt sich ein blecherner Griffarm nach hinten. Nonchalance, die durch Leichtigkeit fesselt.

In dieser metallversessenen Schöpfung Angerers des Jüngeren waltet der Geist des Spiels. Wenn man den glänzenden Aufmarsch verfolgt, der wie eine Parodie auf Benozzo Gozzolis goldstrotzenden »Zug der Heiligen Drei Könige« wirkt, spürt man die schmeichelnde Hand des Malers, der die schöne Plastik des Bildreliefs genießt. Im gestaltenden Spiel des Künstlers wird der Ernst des Lebens aufgehoben.

Die stacheligen Attacken des Bildes, so kriegerisch sie auch beabsichtigt waren, geraten oft in den mildernden Sog der Ausgleichsbereitschaft und werden von einer inneren Hand an den Metallgeschöpfen vorbei in Standarten und Schilde gelenkt. Doch die zerstörerische Kraft spielt sich in Andeutungen durch, wenn Lanzen Hohlformen durchdringen. Mehr aber noch wird gedroht und gereizt in diesem Theater der Ballen und Spitzen, das auch ein Zerr- und Spiegelbild des täglichen Droh- und Reiztheaters ist.

Absurdes Theater wird hier vorgeführt. Vor den emsigen Bemühungen und Imponiergesten der metallischen Rangelkrieger denkt man an eine Bemerkung des französischen Dramatikers Jean Anouilh: »Wir können uns beleidigen, verraten, massakrieren unter mehr oder weniger noblen Vorwänden, zu scheinbaren Größen aufblasen: wir sind komisch. Nichts anderes – alle zusammen, wie wir gebacken sind, einschließlich derer, die wir unsere Helden nennen.«

Karneval des Lebens. Ewige Maskerade. Angerer der Jüngere wurde in seiner Jugend stark beeinflußt von den Perchtenläufen im Berchtesgadener Land *(Abb. 28)*, den Maskenumzügen, bei denen man den Dämonen des Winters dämonisch begegnete. Später gewannen auch die venezianischen Masken große Bedeutung für ihn. Leben als Rollenspiel, als Verwandlungsspiel. Für den komödiantischen Surrealisten drücken sich in den Masken die Möglichkeiten spielerischer Veränderung aus.

Überall kann Leben für ihn zur Entdeckungsfahrt werden. Und unversehens wird ein kleiner Fund zum bildbestimmenden Ereignis. Es gibt viele Beispiele dafür, wie sich bei der spielenden Ausdruckssuche Gegenstände in seiner Hand veränderten. Bei einem Spaziergang am Strand von Positano konnte er ja nicht ahnen, daß dort an der Küste die Inspiration auf ihn wartete. Sie wartete in Form eines kleinen, porzellanernen Kaffeetassenhenkels. Es war ein abgebrochener Henkel, den er da in der Hand hielt. Es war die reine Form des Henkels, die ihn entzückte und hinter der er plötzlich andere Formen sah, Kopfformen, durch die man hindurchblicken konnte.

Wer das Getriebe der Rangelkrieger durchforscht, stößt immer wieder auf eine langgestreckte Kopfhohlform, durch die hindurch man andere Köpfe und Gegenstände sehen kann. Da ist er wieder, der Kaffeetassenhenkel, und wer würde ihn noch wiedererkennen? Dieser Henkelkopf hat für ihn in der Bildgestaltung eine große Bedeutung gewonnen. Denn er läßt Durchblicke und Durchdringungen zu und macht so Raumtiefe fühlbar. Raum aber heißt Freiheit. Raum ist Ausweg aus der Beengung. »Mich interessieren die Möglichkeiten der Raumdurchdringung«, sagt Angerer der Jüngere, »mich interessieren Körper, die offen sind.«

Es ist die schöpferische Phantasie, die auch Gebirge durchsichtig machen will. Auf

dem Staufen, einem Berg bei Bad Reichenhall, überkommt den Maler immer wieder ein Gedanke: »Wenn man zwanzig Meter unterhalb des Gipfels ein tunnelartiges Loch quer durch den Berg bohren würde, was für einen Durchblick gäbe das«, sagt er, »man könnte die Wolken auf der anderen Seite des Berges vorüberziehen sehen.« Angerer der Jüngere braucht sie, die langen Wanderungen auf den Bergwegen, um seine Ideen zu konzentrieren, Bildkompositionen zu durchdenken und neue Formen zu finden. »Ich geh' in die Natur und hol' mir unentdeckt Verborgenes«, sagt er, »wenn die Natur es mir so zeigt, muß es richtig sein.« Und er beobachtet, wie die Natur Gegenstände verändert und deformiert.
Im ausgetrockneten Flußbett der Saalach ist er oft zwischen dem Geröll unterwegs, auf der Suche nach Fundstücken. Und eines Tages war es wieder soweit. Er bückte sich und hob ein Schloß auf. Ein rostiges, altes Türschloß. Es war das Schloß, das ihn zu diesem Bild inspirierte und das nun, hinter einem Wall aus Schlüsselbartkanten versteckt, fern vom Tumult der Menge, auf den Besitzer des richtigen Schlüssels wartet *(Abb. 40)*.
Braune Wetterstrahlen *(Abb. 38)* keilen rings um das Schloß in die Länder und Felsen, zielen aber auch aus dem Wasser hoch. Sie sind Ausdruck einer dauernden Bedrohung. Angerer der Jüngere übernahm den Begriff der dunklen Strahlung von seinem Bruder *(vgl. S. 16)*. Er verarbeitete außerdem Einflüsse eines Bildes von Paolo Veronese. Der venezianische Maler hatte auf seiner Darstellung der »Seeschlacht von Lepanto« die Galeeren unter einer braunen Wetterwand gemalt. Angerer der Jüngere wollte die Idee dieser Wettermacht noch umfassender ausdrücken. Er sieht Bedrohungen, die aus der Luft und aus dem Wasser kommen. Auch militärische Bedrohungen? Der Begriff sei vielfältig interpretierbar, sagt er.
Die Macht der Natur und den Sog der Landschaft hat er immer wieder dargestellt. Es ist das Zwangswissen, Teil großer Abläufe zu sein, das er so oft gleichsam manisch auf Selbstporträts festhalten mußte. Ergriffen von der Landschaft, verholzend, versandend sieht er sich im unentrinnbaren Prozeß der Vergänglichkeit. Wasser erfüllt seine unendlichen Landschaften. Wasser ist für ihn Ausdruck der Ewigkeit. Und es reizt ihn, zu zeigen, wie es von Ebene zu Ebene fällt *(Abb. 39)*. Den Gebäuden seiner Landschaften aber drängt sich immer wieder eine labyrinthische Form auf, obwohl es auf diesem Bild fern im Hintergrund die Porträtskizze einer südlichen Stadt gibt. Im Labyrinth drückt sich für ihn die Idee des Sinnlosen aus.
Im Spiel der Elemente fasziniert ihn das Metall und seine Überlebenskraft. Es erscheint wie eine Wiedererringung der Welt, wenn er seine Metallhohlformen atmen läßt, wenn Blut aus einer Wunde läuft *(Abb. 36)*. »Ich will die Kälte der Figuren lebendig machen«, sagt er, »ich will aus der toten Form Leben schaffen. Kann man nicht Angerers Roboterfiguren lieben lernen?«
Bei dem munteren Metallvölkchen gibt es wirklich viel Zärtlichkeit zu beobachten. Goldarme schlingen sich vor. Silberarme greifen zu Wölbungen durch. Man neckt und streckt sich in diesem Mummenschanz des Materials. Reibungsscheu ist wohl keiner in der metallenen Menge, die sich quellend und schwellend, drängend und zwängend an das Thema »Mensch« heranpirscht. Die Lust des Bildschöpfers an kugligen Formen setzt die Inszenierung in Schwingungen. Und es ist schon ein Spaß, die nonchalante Figur links am Bildrand zu beobachten mit silbernen Schenkeln und goldenem Trichter und Kugeln und Zapfen und bläulichem Rauch.
Dampf, weiß wie Atem in der Winterluft, weht aus den Metallkiefern eines Schlosses in der Mitte des Bildvordergrunds. Eine gefährliche Figur. Aber das Märchen singt mit, wenn Angerer der Jüngere erklärt, es sei ein »Schlüsselfresser« *(Abb. 36)*.
Auf den Köpfen der anderen allerdings steigt der eisengeschiente Ritter herum,

den eben ein blutiger Rüffel erwischt hat. Die einen sind mitten im Gedränge, bei den anderen soll es erst beginnen. Aus der Stahlrolle unter den Großschlüsseln quillt es heraus. Schon schiebt sich ein wagemutiger Arm vor. »Produktionsmaschine« hat Angerer der Jüngere das doppelt aufgerollte Stahlblech genannt. Und das Lanzengewimmel im Inneren zeigt, daß sich da noch einiges in Bewegung setzen wird.

Angerer der Jüngere, Kampf, 1983/84. Federzeichnung, laviert, 21:14,5 cm

»Und es kribbelt und wibbelt weiter«, hat Fontane in einem Gedicht gesagt. Sanft glänzt ein schimmerndes Spiralgehäuse rechts vorn am Bildrand. »Eine Schnecke ist für mich bewohnbare Architektur«, sagt Angerer der Jüngere, der sein Bild bewußt aus Kontrasten aufgebaut hat. »Ich will Spannungen im Raum erzeugen mit Flächen und Kugeln, eckige Formen machen die Kugeln noch runder, Wasser macht die Burg noch stählerner.«

Viele Ideen und Skizzen sind in dieses Bild eingearbeitet worden. In Portovenere zeichnete er 1981 über einem Felsmassiv eine Betonplattform mit Geschützlöchern *(Text-Abb. S. 26)*. Es ist die Plattform, die hier das Schloß trägt. So wandert Naturlandschaft in visionäre Landschaft über. Und wieder ist das Schloß im Blickpunkt, vor dem winzig ein paar Krieger stehen. Ein Schloß im doppelten Sinn, denn das Türschloß wurde verwandelt. »Klein sei groß und groß sei klein«, heißt es in einer alten Alchimistenformel, die auch die Formel des Märchens und der phantastischen Malerei ist. Und so wuchs das Schloß zum Schloßgebäude mit einem Portal, einem Erker und maurisch verfremdeten Fenstern. Aber gibt das Schloß dem Betrachter nun eine Antwort?

»Aus dem Schlüsselloch fließt mit Blut vermischtes Wasser«, *(Abb. 39)* sagt Angerer der Jüngere, »man denkt, man wäre am Ziel, aber der Kampf hört nicht auf.«

Betrachter, die auf der linken Seite des Bildes über den goldenen Standarten blinkende Wassertropfen sehen, haben sich nicht getäuscht *(Abb. 34)*. Da sind wirklich Tropfen. »Sie laufen über eine Panzerglaswand«, sagt Angerer der Jüngere, »denn vor der Bildwelt ist noch eine andere Welt.«

Es ist erfrischend, an den Schlüsselgiganten rechts im Bild vorbei in die Tiefe der Landschaft zu sehen. Man genießt die Höhe des Aussichtspunkts und die Weite der Übersicht. Aber ein neues Erschrecken wird auch erst in dieser Höhe fühlbar. Denn fern am Horizont wird die Landschaft überblendet vom weißen Lichtpilz einer Atomexplosion *(Abb. 38)*. Ein Vorgang, den die Metallkrieger des Vordergrunds nicht wahrzunehmen scheinen.

Bildbeherrschend gewaltig stehen die beiden Schlüssel da. Sie neigen sich vor und lehnen sich zurück, als wäre lebendige Bewegung in ihnen. Vital wirken sie, diese Schlüssel, in ihrer metallischen Pantomime. Aus dem Rohr des größeren Schlüsselriesen wölkt noch der Rauch eines Schusses.

Macht aber repräsentieren sie beide. Es ist, als forderten ihre Bärte energisch zum Zugreifen auf. Man glaubt, gekrümmte Handbewegungen zu sehen. Bewegungen von stählerner Kraft. Diese Metallpranken reden eine eindeutige Sprache. Sie predigen gegen die Trägheit an. Hat der Maler mit dieser symbolischen Darstellung entschlossener Greifkraft dem Handlungswillen ein Denkmal gesetzt?

Seine Worte klingen wie eine Bestätigung: »Wenn ich eine Aufgabe vor mir habe, die kaum zu bewältigen ist, sage ich mir: Du mußt es schaffen. Ich setz' mich hin um neun Uhr vormittags und arbeite bis nachts um elf in einem Gewaltakt.

Dann hab' ich mir Luft geschafft. Es sind doch die alltäglichen Dinge, die einen zur Depression treiben. Wenn man dem Phlegma nachgibt, ist man verratzt. Aber wenn man durchhält, trotz der Krisen, diese Überwindung, das ist Glücksgefühl.«

Angerer der Ältere, Im Sog des Lichts, 1984.
Acryl und Öl auf Holz, 126:200 cm

Im Sog des Lichts treibt ein Mensch. Durch eine Glaskuppel sieht man ihn über zwei Säulen, die sich in dunkler Auflehnung hochrecken. Den stürzend Fliegenden traf Angerer der Ältere auf einer Radierung des 17. Jahrhunderts. Die Mythe um den Stürzenden, die einst den holländischen Manieristen Cornelis Cornelisz gereizt hatte, reizte auch ihn. So machte er Phaeton, den Sohn des Sonnengottes Helios und einer irdischen Mutter, zum Mittelpunkt seines eigenen Bildes. Phaeton durfte – einen Tag lang – den Feuerwagen des Himmels lenken. Aber er überschätzte seine Kräfte. Die Sonnenpferde brachen aus, und Zeus zerschmetterte ihn. Wie nun, fragte sich Angerer der Ältere, wenn der stürzende Lichtsucher aus dem griechischen Mythos plötzlich vor der Observationskanzel einer modernen Raumstation auftauchen würde? Er malte die »kosmische Begegnung« als einen Versuch, in flammenweißen Himmeln ins Licht vorzudringen und der Schwere der Existenz zu entkommen. In der Villa Templin, die der Malerarchitekt bei Baden-Baden erbaute (siehe Abbildung S. 76), fügt sich das Bild als Teil eines Gesamtkunstwerks in die Säulenarchitektur ein.

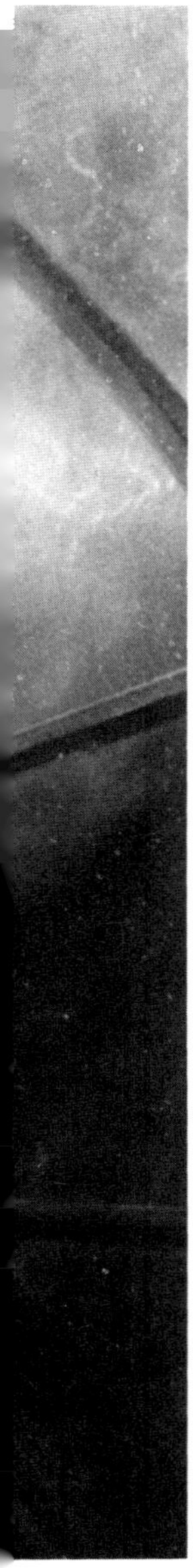

»In ihrer metaphysischen Bedeutung verstanden,
ist Schönheit eine der Manifestationen
des absoluten Wesens.«

Jean Delville

IV. Im Sog des Lichts

Darstellungsformen Angerers des Älteren

Der Nacken des Stiers glänzt von Blutbächen, und Pfeile hängen und ragen aus den Wunden. Durch einen Kunstgriff des Malers sieht der Bildbetrachter die grell im Licht liegende Arena aus der Sicht des Stiers *(Abb. 22)*. Ein Spiel der Gedanken: Dieser Ausblick muß für ihn nur noch Qual bedeuten, brennende Qual, als habe sich das Leben für diese Kreatur in eine beißende Hölle von Schmerzen verwandelt.
Der blutende Star der Arena wird wieder angreifen. Man rechnet mit seiner Wut und mit seiner Reizbarkeit. Er wird seiner Natur folgen in dem tödlichen Schauspiel.
Auf einem der Pfeile, die die Banderilleros dem Stier in den Nacken gestoßen haben, hat sich eine Taube niedergelassen, eine ahnungslose Taube. Wie sehr ist jeder allein in seiner Schmerzhölle. In einem leuchtenden Rundbild tritt das Drama aus der Unendlichkeit heraus.

Angerer der Ältere hat viele Qualen dargestellt in seiner Bilderfolge. Umflutet vom wimmelnden Spuk der Liliputaner, liegt Gulliver auf dem Rücken *(Abb. 20)*. Mit der zähen Hartnäckigkeit von Traumerscheinungen bedrängt man ihn. Gefährlich ist die Mattigkeit der Liegenden.

Sie scheint strahlend zu herrschen, die perlmutterne Muschel, die sich in den Himmel dreht *(Abb. 14)*. Und das Meer quirlt auf von Schwarzmuscheln, die diesen Glanz nicht dulden und Invasionstruppen ausspeien. Auf diesem Bild ist der Neid körperlich geworden.

Die Welt ist aufgerüstet seit Jahrtausenden. »Besonnen sein und nicht die Rüstung vergessen«, heißt es im I-Ging. Architektur zeigt unverhüllt ihren Festungscharakter. »My home is my castle«, sagt der Engländer. Wehrhaft wirkten auf Angerer den Älteren auch die fast metallisch zugeschliffenen Diamantquadern, die er am Palazzo dei Diamanti in Ferrara entdeckte. Überall enthüllt sich Leben als Machtkampf. So erscheint Angerer dem Älteren auch der »Paragraphus« *(Abb. 18)*, als Gigant von metallischer Kraft hoch über den Ländern.

Seine Frau Margit porträtierte er in einer Miniatur als Walküre, geborgen unter dem Muschelhelm und mit mänadenhafter Macht der Haare *(Abb. 19)*. »Ich wollte ihren kämpferischen Willen darstellen«, sagt er, »und die Kraft in der Schönheit«, und dann, »eine Wagner-Verehrerin ist sie auch.«

Sich selbst sieht er im Sog des Lichts im Wirbel einer kosmischen Detonation als »Raumritter« *(Abb. 11)*. Licht bedeutet für Angerer den Älteren Erlösung und

Zerstörung. Das Böse aber verkörpert sich für ihn immer wieder in der Erscheinung des »Schattenturms« *(Abb. 21)*. Der Turm, der schwarze Strahlen aussendet, hat auf diesem Bild die Landschaft schon verformt und zerstört.

Eine Begegnung zwischen Altertum und Moderne schildert eines der jüngsten Werke Angerers des Älteren. Wie durch ein Fenster schaut ein griechischer Jüngling in die Verwirrungen unserer Zeit *(Abb. 13)*. »Die Welt als Labyrinth« lautet der Titel des Bildes, das für den Verfasser des gleichnamigen Buches – Gustav René Hocke – geschaffen wurde. »Aus dem Bronzegesicht kommen Züge des Leidens«, sagt Angerer der Ältere, »der Mythos ist angreifbar.«

Aus dem Mund eines Liegenden wächst das Feuerspiel der »Apokalypse« empor *(Abb. 17)*. »Der Mensch ist in der Lage, sich selbst zu zerstören«, sagt Angerer der Ältere, »er kann für galaktische Unordnung sorgen.«

»Das Paar und die Apokalypse« heißt ein flammendes Bild *(Abb. 15)*. Wie unterschiedlich doch das Verhalten der beiden Dargestellten ist: Sie akzeptiert den Untergang, er wehrt sich.

Eine Traumdarstellung ist das »Schicksalsbild« *(Abb. 16)*. Wie ein Meteor rast das Verhängnis auf den Unwissenden zu. Der Narr, hoch in den Vorhängen, ruft das Unglück aus. Die Tragödie ist auf den Punkt konzentriert. Die Tragödie, die immer ein Abschluß langer Verflechtungen ist. In einem unendlichen Strahl führt die Reihe der kämpfenden Vorfahren in Raum und Zeit zurück. »Kampf der Astralgeister« hat Angerer der Ältere das Bild genannt und als entsetzten Endpunkt sein Porträt gemalt *(Abb. 10)*.

Der Strudel ist unausweichlich. Da ziehen sie hoch, Einzelne, stolz, unabhängig und geraten in den Sog des Lebens, der auf dem Großbild »Exchange« *(Abb. 12)* wie der Sog einer Achterbahn erscheint. Die andere Öffnung schüttet die Abhängigen, die Taumelnden im Strudel eines Karnevalszugs wieder aus. Alle sind in den Schlangenarmen der Gorgo. Was bei Laokoon noch Einzelschicksal war, wird hier zum Menschheitssymbol der Verstrickung. Der Greis und die Bacchantin, die Trauernde und der triumphierende Sieger, keiner wird verschont vom Sog der Leidenschaften. Der Vielkopf des Lebens blickt böckisch, berechnend und gleichgültig in die Zeit. Hoch flattert das Banknoten-Banner. Es ist, als seien Segel gesetzt in unendlichen Räumen.

Der Gedanke der Vergänglichkeit flutet herein in die Lichträusche der großen Landschaft. Schönheit ist bedroht vom Alter. Die skelettierte Hand liegt auf der jungen Schulter. Trägt nicht der Held im Siegeswagen auch Narrenzotteln an seiner Rüstung? Man denkt an die Legionäre, die im Triumphzug der römischen Caesaren Spottlieder auf den siegreichen Feldherrn sangen. Ungeheuer haschen nach der Nackten, die sich blühend geschmückt hat. Der Rausch und Freiheit suchende Mensch ist dargestellt in seiner Bedrohung. Auch dieses Großbild ist ein »Welttheater«. »Mein Thema«, sagt Angerer der Ältere, »ist das Ewig Neue: Eros, Kampf und Tod.«

»Stellt euch einen Krieger vor, der vergessen hat, daß er seine Perle auf der Stirn trägt, und sie überall sucht. Er könnte die ganze Welt durcheilen und würde sie doch nicht finden.«

Huang-po

V. Für mich ist immer Fastnacht

Motive bei Angerer dem Jüngeren

Angerer der Jüngere, Skizze zu dem Gemälde »Der Kampf ums Schloß« (Abb. 32), 1980. Federzeichnung, 20,5:15 cm

Wie ein metallgewordener Alptraum hängen die Herausforderungen der Erde über dem heiligen Antonius *(Abb. 29)*. Die Spitze der umgedrehten Blechpyramide zielt auf seinen Leib, und überall blickt Qual aus den Regalen. Wenn die nackten Frauenkörper zum Spiel locken, darf er denn spielen? Blöken die Blechtrompeten? Hacken die Schnäbel nach ihm? Bläst man ihm Unrat ins Gesicht? Schwerleibig quält sich Völlerei. Der einsam Lüsterne wird an sein Lager festgenagelt.
Dieses Versuchungsbild, auf dem Antonius – stellvertretend für jedermann – den Tumult der Welt auszuhalten hat, ist ein frühes Beispiel aus der »Metallperiode« Angerers des Jüngeren. Es entstand in den späten siebziger Jahren. »Die drückende Gewalt der Wirklichkeit«, wie Hans Henny Jahnn sagen würde, hat Angerer der Jüngere immer wieder dargestellt. Bis sich Quälendes und Burleskes in einem Bild wie dem »Kampf ums Schloß« verbanden.

Auch die »Perchtenläufer im Berchtesgadener Land« haben Gewalt zu ertragen *(Abb. 28)*. Witterungsgewalt. Der Frost macht sie blank, die kannenrunden Gestalten, die da durch den Schnee ziehen, und es ist, als könnte man die schneidende Kälte spüren. Wenn nicht rechts ein Paar offenbar die winterliche Brise genießen würde, gliche das Bild mit dem wehenden Kälteatem und der zu Boden gesunkenen Blechgestalt einem Rückzug nach verlorener Schlacht.

Es ist schwer, ein Schmunzeln zu unterdrücken, wenn man bei der »Heimkehr der Helden« *(Abb. 27)* zugegen ist. Diese bombastische Blechkarawane, die ganz deutlich auf das spätere Großbild hinweist, amüsiert mit einer selbstbewußten Formenzufriedenheit. Alles ist stramm und gut in Ordnung, und die Krieger, klein und groß, lassen keinen Zweifel daran aufkommen, daß man mit ihnen zu rechnen hat.

Mit gespenstischer Erbitterung wird in einer Küstenlandschaft gekämpft. Beim »Duell mit Sekundanten« *(Abb. 26)* gibt es schon einen angeschlagenen Verlierer, der ein schauerliches Bild der Wehrlosigkeit bietet. Die mit Elan angreifende Doppelballenträgerin hat ihre Gabelhand durch die Messerklinge des Löffelschwingers gebohrt und führt mit der Rechten den entscheidenden Stoß aus. Kein Wunder, daß die Sekundanten im Hintergrund, ein Messer und ein Löffel, noch in letzter Sekunde mit heftigen Bewegungen abwinken wollen.

In die Metallbilder der letzten Zeit dringt das Menschengesicht ein. »Die Menschenhacke« *(Abb. 24)* hat Angerer der Jüngere ein Beil genannt, dessen scharfgeschliffene Schneide die Züge eines boshaften Mannes trägt. Das Bild entstand für die von Horst Stern betreute Zeitschrift »Natur«.

1 Angerer der Ältere, Welttheater, 1981/82

Folgende Abbildungen:
2–9 Angerer der Ältere, Welttheater (Ausschnitte)

Mongolisch wirkt der »Magier mit den vier Augen « (»Drehbild«; *Abb. 23*). Bei dem eisengepanzerten Ritter, der ein Ei auf dem Daumen balanciert, findet man den normalen Augenausdruck erst, wenn man das Bild auf den Kopf stellt. Aus den Gesichtern des rätselhaften Mannes blickt einmal Dämonie, einmal Konzentration und Ruhe. Angerer den Jüngeren reizt es immer wieder, die Ausdrucksmöglichkeiten eines Kopfes darzustellen – etwa mit vorgehaltenen Masken. Im japanischen Raum kennt man Netsuke-Figürchen aus Elfenbein, deren Köpfe gedreht werden können. Und so begegnet man auf den verschiedenen Seiten einem drohenden und einem lachenden Gesicht.

Heiterkeit überwiegt in einem der neuesten Bilder Angerers des Jüngeren. Nach dem »Kampf ums Schloß« entstand der »Aufruhr der Maiskolben« *(Abb. 42)*. Wild ist auch hier das Schlachtgetümmel bei einem Kampf, in dem die Natur sich gegen die Technik zur Wehr setzen will. Aber die Sympathien des Künstlers sind sehr eindeutig auf der Seite der lebensstrotzenden Maiskolben. Gelbe Körner fliegen über das Feld. Von Metallwänden blenden Strahlen zurück. Speere werden geschwungen. Weich und weiblich schmiegen sich die Blätter der Maisfrucht um die goldenen Kolben. Tief im Land sieht man metallische Festungsanlagen. Viel Spontaneität hat sich freigemalt in diesem Bild von märchenhafter Wirklichkeit.
»Für mich ist immer Fastnacht«, sagte Angerer der Jüngere einmal. Wer die Munterkeit und den Aktionsgeist dieser Maiskolbentruppe sieht, weiß, wie wörtlich der Satz zu nehmen ist. Aus dem Boden drängen neue Pflanzenkrieger in die Höhe. Es ist köstlich, ihren Unternehmungswillen zu beobachten. »Man muß von sich alles erwarten« – auch das ist eine Maxime Angerers des Jüngeren. Und jeder der wendigen Maiskolben auf diesem dramatischen Stilleben scheint sie zu befolgen.

Angerer der Jüngere, Skizze zu dem Gemälde »Der Kampf ums Schloß« (Abb. 32), 1981. Aquarell, weiß gehöht, 15:30 cm

4–7

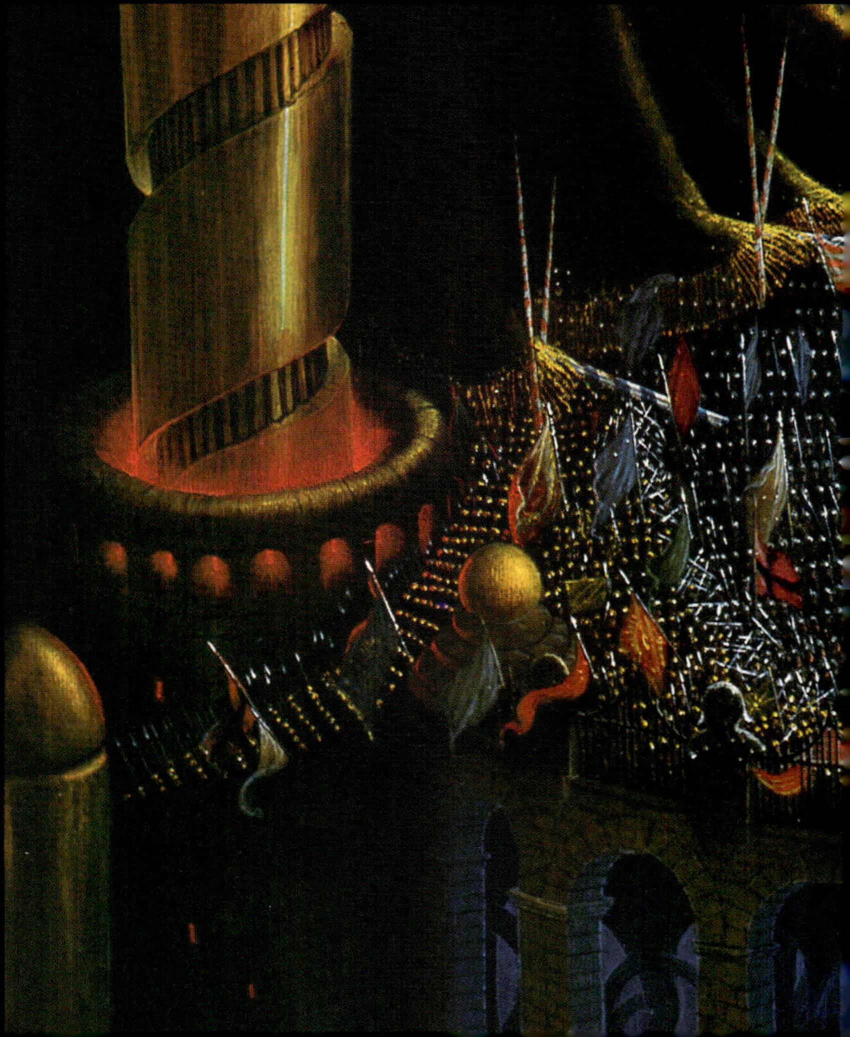

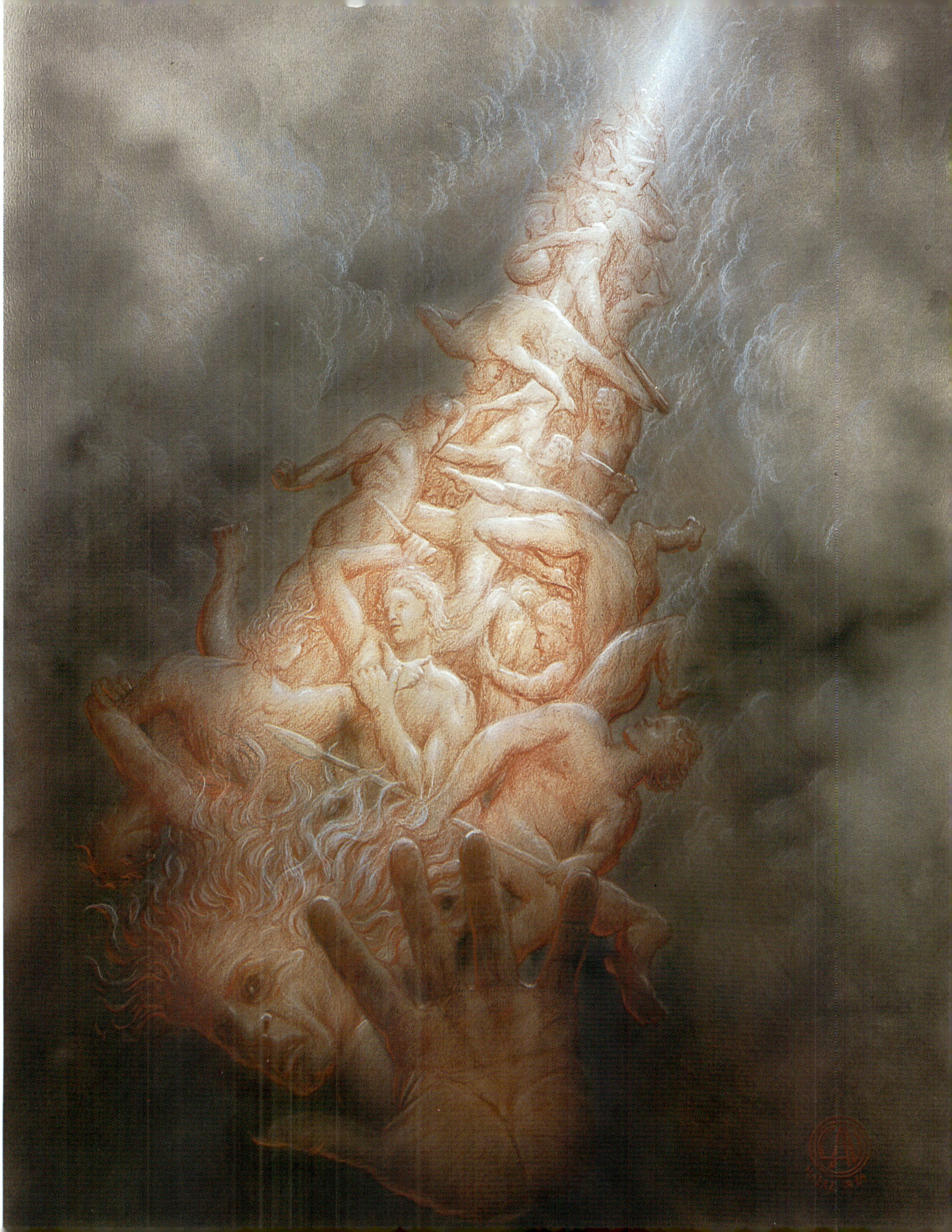

Vorhergehende Abbildung:
10 Angerer der Ältere, Kampf der Astralgeister, 1984

11 Angerer der Ältere, Raumritter, 1982

12 Angerer der Ältere, Exchange, 1983

Die Welt als

◁ *13 Angerer der Ältere, Die Welt als Labyrinth, 1984*

14 Angerer der Ältere, Muschelbelagerung, 1978 (Ausschnitt)

15 Angerer der Ältere, Das Paar und die Apokalypse, 1981

16

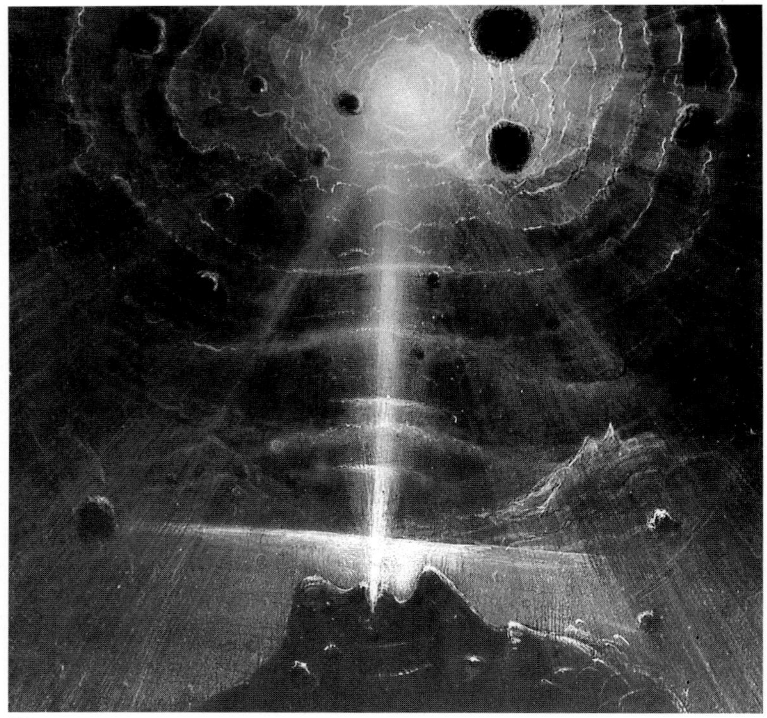

17

18

16 Angerer der Ältere, Schicksalsbild, 1981

17 Angerer der Ältere, Apokalypse, 1983

18 Angerer der Ältere, Paragraphus, 1978

19 Angerer der Ältere, Margit als Walküre, 1981

20 Angerer der Ältere, Gullivers Eroberung oder »Deutsches Requiem«, 1981–1984

19

20 ▽

21 Angerer der Ältere, Schattenturm, 1984

22 Angerer der Ältere, Getroffener Stier mit Taube, 1980

19 50

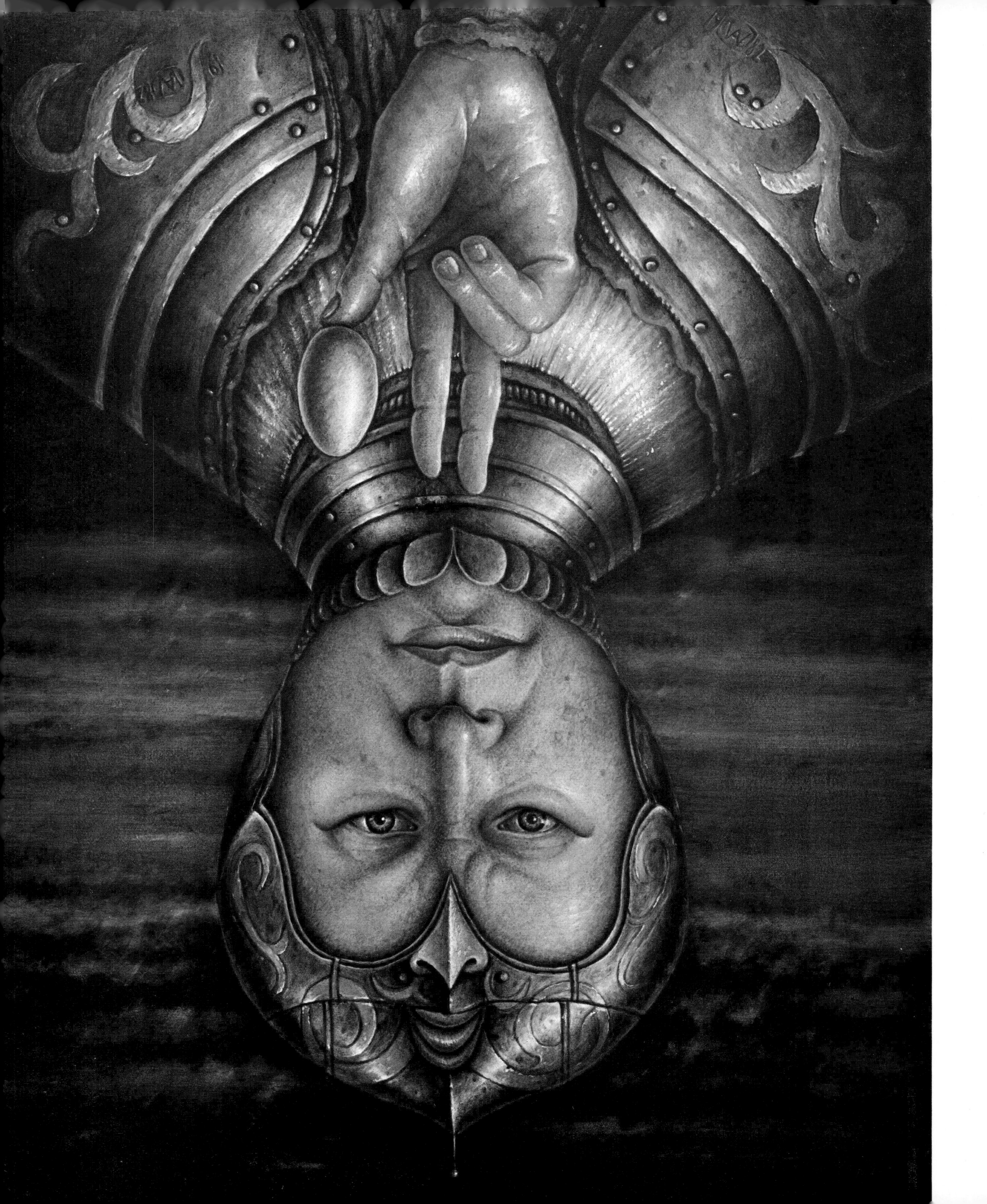

23 Angerer der Jüngere, Magier mit den vier Augen (Drehbild), 1982

24 Angerer der Jüngere, Die Menschenhacke, 1983

25 Angerer der Jüngere, Tiefseetaucher, 1979

26 Angerer der Jüngere, Duell mit Sekundanten, 1980

27 Angerer der Jüngere, Blechseelenaufmarsch oder Heimkehr der Helden, 1979 (Beischrift neben dem Bild: Ungeschlagen – geschlagen die seelenlose Herde. Triumphierend zermarschieren sie.)

28 Angerer der Jüngere, Perchtenlauf im Berchtesgadener und Salzburger Land, 1979

29 Angerer der Jüngere,
Die Versuchung
des hl. Antonius,
1979

30 Angerer der Jüngere, Der Gedankenturm, 1975

31 Angerer der Jüngere, Der Kampf ums Schloß ▷
(Ausschnitt, siehe Abb. 32)

32 Angerer der Jüngere,
Der Kampf ums Schloß, 1982/83

Folgende Abbildungen:
33–40 Angerer der Jüngere,
Der Kampf ums Schloß
(Ausschnitte in Originalgröße)

3/3

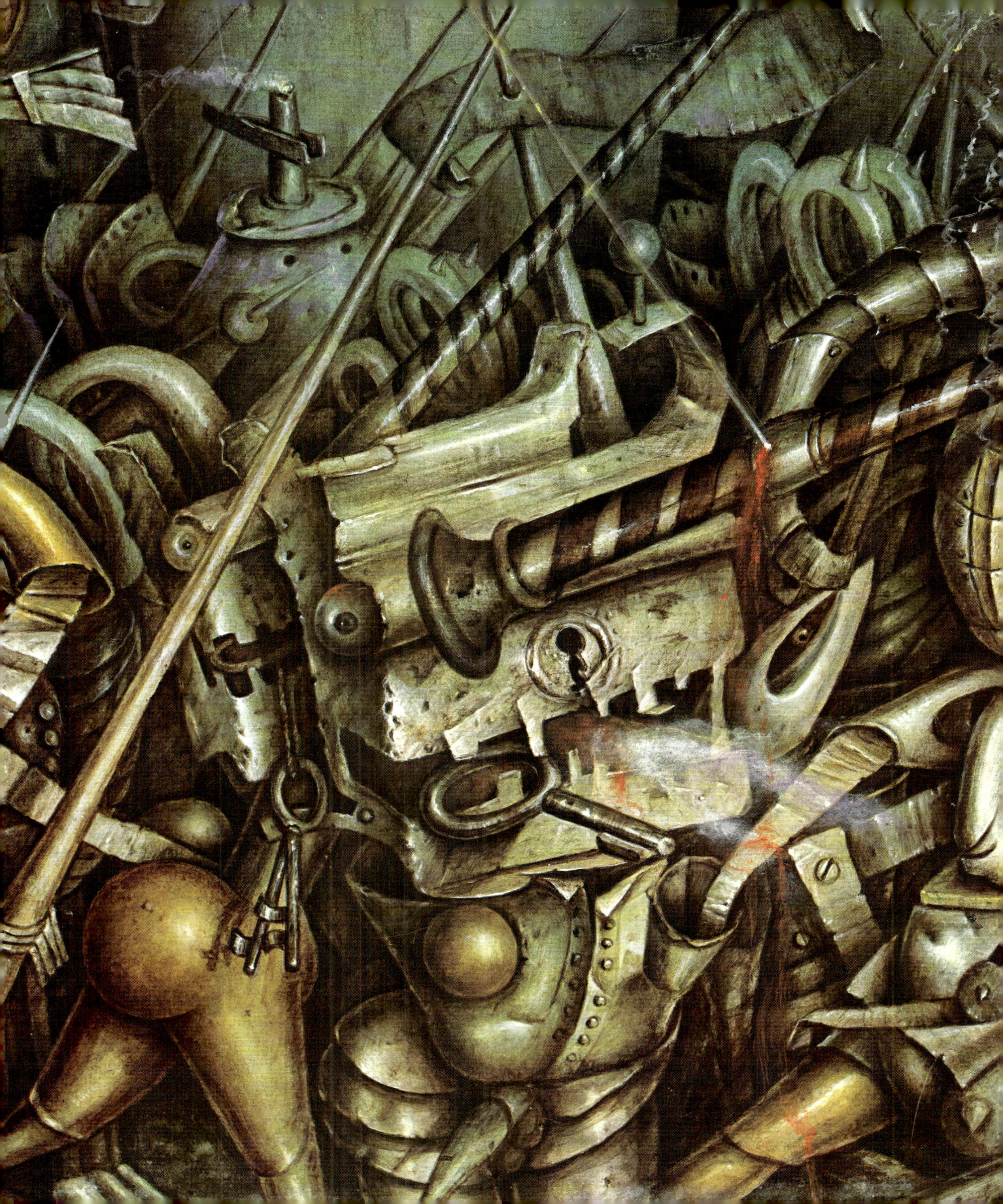

◁ 37

38–40

41 Angerer der Jüngere, Rainer Werner Fassbinder, 1983

42 Angerer der Jüngere, Aufruhr der Maiskolben, 1983/84

*»Diese Welt ist der Wille zur Macht und nichts außerdem.
Und ihr selber seid der Wille zur Macht und nichts
außerdem.«*

Friedrich Nietzsche

VI. Metallische Zeiten

Schlachtenbilder aus fünf Jahrtausenden

Anonymer Krieg

Sie soll Menschen zerschnitzeln, die Kriegsmaschine, die Leonardo da Vinci entworfen hat *(Abb. 46)*. Was ging in dem großen Künstler vor sich, als er dieses Ungetüm zeichnete? Auf einem Fahrgestell mit zwei Rädern ist eine Trommel aufmontiert, von der sensenförmig-sichelscharfe Rundmesser in alle Richtungen ausgehen. Ziehen Pferde das lauernde Scheusal an und jagt der Reiter mit der verheerenden Erfindung in die Reihen der feindlichen Truppen, dann wirbeln zerstückelte Menschen und abgetrennte Arme und Beine durch die Luft. So hat es Leonardo gezeichnet. Und so hat er es gewollt.
Von einem Kriegsingenieur wurde wohl ein solches Denken gefordert. Kälte, Metallkälte gehörte dazu. Seit es Metalle gibt, sind Kriege metallisch ausgetragen worden. Seit mehr als viertausend Jahren benutzt man dieses Material, um Ansprüche gegenüber Gegnern durchzusetzen. Metall als Ausdruck härtester menschlicher Umgangsformen. In der Altsteinzeit mußten zugehauene Feuersteine herhalten. In der Jungsteinzeit kamen Pfeile mit Feuersteinspitzen hinzu. Stirnwände konnten auch sie durchschlagen. Und in frühester Vorzeit benutzte man Holzkeulen als Schlagwaffen, um den eigenen Lebensraum zu verteidigen oder fremden zu erobern.
Dann aber hatten die Metalle ihren Auftritt. Und Kriege wurden Materialschlachten. Schon damals. Sie sind es bis heute geblieben. Naheliegend war der Gedanke, sich durch Metall zu schützen. Hinzu kam bald die Überlegung, mit metallischen Masken zu drohen. Dem Gegner keine Spur von Erbarmen mehr zu zeigen. Den Kampf total zu machen. Und so wurden die Krieger in ihren Rüstungen zu gepanzerten Monstern.
Wer den etruskischen Kämpfer im New Yorker Metropolitan Museum *(Abb. 45)* betrachtet, bekommt einen Eindruck davon. Es muß bei der Hitze nicht angenehm gewesen sein, dieses Eisenungetüm auf dem Kopf zu tragen. Der Mann sieht aus wie ein überdimensionaler Metallhahn. Ein Mensch ist zu einer Horrorfigur geworden. Regungen des Mitleids suchte man hinter dem Sehschlitz vergeblich. Die Kolossalstatue, die um 500 vor Christus entstand und von griechischen Vorbildern mitgeprägt ist, gleicht einem metallischen Dämon.
Aber es gibt noch Steigerungen der Starre – einen japanischen Namban-Hachi-Helm aus dem 18. Jahrhundert zum Beispiel *(Abb. 43)*. Er ist reich mit Girlanden und Ranken verziert. Ein Prachtstück. Aber zum Helm gehört eine Stahlmaske, eine Gesichtsmaske. Wer da hineinsieht, fühlt nur noch eins: Grauen.
Eine der ältesten Darstellungen kriegerischer Ereignisse, die wir besitzen, ist auf der Siegesstele des sumerischen Königs Eannatum *(Abb. 47)*. Sie entstand um 2460 vor Christus und ist heute im Louvre. Betrachtet man die anrückenden Krieger,

die da Schild an Schild, die Lanzen vorgestemmt, die Gesichter unter Helmen, ins Gefecht ziehen, stellt sich ein Schauer ein, denn aus der Menschengruppe ist eine Kampfmaschine geworden. Der Kalksteinblock zeigt eine Wand von Kriegern, eine vorwärtsmarschierende Festung. Über getötete Gegner zieht diese mechanisierte Truppe hinweg – Krieg als anonymes Metallhandwerk.
Ein Vergleich über 3900 Jahre hinweg soll zeigen, wie wenig sich in diesem Punkt – trotz aller waffentechnischen Entwicklungen – geändert hat.
Die Schlacht von San Romano *(Abb. 48)* hat Paolo Uccello um 1456 gemalt. Es handelte sich dabei um eine Auseinandersetzung zwischen Florentinern und Sienesern, die schon einige Jahre zurücklag. Welch ein Metallpomp wird hier getrieben! Die Männer haben sich wieder mit wenigen Ausnahmen in ihre Erzverstecke zurückgezogen. Wer das Bild mit unbefangenen Augen betrachtet, staunt über die Selbstverständlichkeit, mit der man offenbar bereit war, sich in Metallpuppen, ja in Metallungetüme zu verwandeln. Dieses Bild hat zudem eine durchaus komische Pointe: Man spürt noch, welche Schwierigkeiten es dem Maler machte, Menschen und Tiere perspektivisch korrekt wiederzugeben. So wirken die Pferde wie im Sprung erstarrt. Vom vorgeführten Waffenmaterial ist der eiserne Reiterhammer neu. Diese Waffe hatte auf der einen Seite einen Hammer und auf der anderen eine Spitze, mit der man auch Harnische durchbohren konnte.
Während auf Uccellos farbenprächtigem Bild noch hie und da Gesichter auftauchen, wird auf dem folgenden Holzschnitt aus dem 16. Jahrhundert *(Abb. 44)* alles Menschliche abgedeckt. Es ist, als kämpften zwei Metallinsekten gegeneinander. Ein eiserner Rückgriff in die Entwicklungsgeschichte. Vorn im Bild werden die Waffen noch einmal in überdimensionaler Größe vorgestellt, so der Linke-Hand-Dolch und der Rundschild mit dem mächtigen Buckelspieß. Der Holzschnitt mutet in seiner Kompositionstechnik fast abstrakt an. Die Kämpfer erscheinen auf einem abgezäunten Platz in einem erprobten Ritual, als ständen sie im surrealen Zwang des mechanischen Geräts.
Befangenheit gegenüber einer ungewöhnlichen Darstellungsform weicht, je länger man sich mit einem Werk beschäftigt. Da hier fast alles zeitliche Zubehör fehlt, bis auf das Metallkostüm der Rüstung, beobachtet man die beiden schließlich wie heutige Fechter in ihren Grundpositionen. Und sieht wieder den Menschen, das verletzbare Wesen, das sich seiner Haut wehrt, darin allem Lebendigen verwandt.

Sieger und Besiegte

Stärkespiele im Gerangel der Kräfte – keiner kommt ohne sie aus. Auf höherer Ebene hatte man allerdings andere Möglichkeiten, Macht zu demonstrieren. Wir haben uns auf den Darstellungen vieler Jahrhunderte an das Triumphtheater der Herrschenden gewöhnt. An die gebietenden Gebärden, die unbewegten Gesichter, die auf Pferden hochsteigenden Majestäten über rauchenden Schlachtfeldern. Gesteigerte menschliche Eigenschaften wollten sie vorführen, die Inhaber der Macht. Die Kraft des großen Willens, der alle Widerstände überwindet.
Wer konnte die Bilder an der Wirklichkeit messen? Man nahm die Bilder für die Wirklichkeit. Den Gipfel des Unwahrscheinlichen erreichte die Schlachtendarstellung allerdings vor mehr als dreitausend Jahren in Ägypten. Über Jahrhunderte hin hielt sich dort ein Kriegsbildtypus, der uns Heutige verblüfft: Der Pharao siegt fast im Alleingang.
Im Kairoer Museum befindet sich eine hölzerne Truhe aus dem Grab des Tutanchamun (nach 1323 vor Christus), auf der der siegreiche Pharao in einem – historisch nicht dokumentierten – Kampf gegen Asiaten zu sehen ist *(Abb. 49)*.

Hinter Rossen, die sich wiehernd vorbäumen, rollt er auf seinem Streitwagen mitten zwischen seine Gegner, die ein Bild totaler Auflösung bieten.
Von der vorwärtspreschenden Wucht eines solchen Streitwagenangriffes ist auch in einem Bericht die Rede, der anderthalb Jahrhunderte vor den Tagen Tutanchamuns entstand. Der Schreiber Thaneni konzentriert sich bei seiner Darstellung ganz auf die Person des Königs, der im Mittelpunkt des Schlachtgeschehens steht: »Allen voran fuhr der Pharao gleich Horus, dem göttlichen Herrscher der Macht, in einem versilberten und vergoldeten Kriegswagen, ausgerüstet mit Waffen, für die sein Vater Amun ihm den Arm stärkte«, heißt es da. Und weiter: »Der Pharao kämpfte unter Amuns Schutz im Zentrum der gesamten Schlachtordnung. Seine Majestät war es denn auch, die an der Spitze des Heeres die Oberhand über die Gegner errang, und als sie dies merkten, flohen sie Hals über Kopf voll Angst nach Megiddo zurück; ihre Pferde und ihre Wagen samt Gold und Silber ließen sie im Stich...«
Soweit Thaneni. Er begleitete Thutmosis III., den man den »Napoleon Ägyptens« genannt hat, auf seinen Kriegszügen. Und die zitierte Passage entstammt seiner Beschreibung der Schlacht bei Megiddo, die am 15. Mai 1479 vor Christus stattfand.
Auf dem Kairoer Bild des wie im Sturm heranrollenden Streitwagenkönigs wird die Idee von Sieg und Niederlage auf eine kurze Formel gebracht: Die vorwärtsdrängende Energie des Pharaos trifft auf Gegner, die von Angst und Panik in alle Richtungen zerstreut werden. Die zielende Kraft begegnet der ziellos flackernden Unruhe, dem Chaos der aufgelösten Schlachtordnung.
Es ist von besonderem Reiz, dieses Bild in einem Jahrtausendsprung mit dem berühmten pompejanischen Mosaik der Alexanderschlacht *(Abb. 52)* zu vergleichen. Denn in der Grundbestimmung des Vorgangs, der Definition von Sieg und Niederlage, gleichen sich die Bilder. In beiden Fällen wird gezeigt, wie die ruhige Kraft über die Unruhe siegt.
Im November des Jahres 333 vor Christus standen sich Alexander der Große und der persische Großkönig Dareios III. bei Issos gegenüber. (Der berühmte Merksatz des Geschichtsunterrichts – »Drei-drei-drei, bei Issos Keilerei« – erinnert daran.) Ob sich die Herrscher in dieser Schlacht begegneten, weiß man nicht. Das geschah zwei Jahre später, in der Schlacht bei Gaugamela. Der griechische Künstler aber, dessen Werk dem pompejanischen Mosaikmeister als Vorlage diente – vermutlich Philoxenos von Eretria – stellte eine solche Begegnung dar.
Hier findet man sie wieder, die Elemente von Sieg und Niederlage. Philoxenos macht sie so deutlich wie in einem Drama. Dem heranjagenden Makedonier stellt er einen orientalischen Herrscher gegenüber, der mit flehend ausgestreckter rechter Hand handlungsunfähig erscheint. Seine unruhig irrenden Augen begegnen den fest fixierenden, willensstarken Augen Alexanders. Philoxenos begründet auch das Verhalten des Persers. Denn dicht vor dem persischen Großkönig wird ein Kampfgefährte von der Lanze des griechischen Eroberers förmlich durchspießt. Man kann nachempfinden, wie Grauen und Mitgefühl die Handlungskraft Dareios' III. lähmten.
Die pompejanische Alexanderschlacht verschweigt nichts. Nicht Tod, noch Sturz, noch Entsetzen. Das Bild zeigt, in einen Augenblick gebannt, die jagende Kraft der Ereignisse, das Gedränge, das unter der Wucht des Angriffs auseinanderstiebt, die hochaufgebäumten, fliehenden und niederbrechenden Pferde und die jähe Stoßkraft des Siegers, von dem es hieß, er sei ein Ungeheuer an Schnelligkeit. Mit plastischer Kraft werden auf dichtestem Raum Krieger und Pferde in ihren äußeren und inneren Bewegungen gezeigt. Der Betrachter spürt, daß dieses Werk, dessen

Urbild wahrscheinlich um 325 vor Christus entstanden ist, einen absoluten Gipfelpunkt der Kunst darstellt.
Es ist die Eigenart großer Kunstwerke, nach vielen Seiten hin anregend zu wirken und über den Tag der ersten Begegnung hinaus Begleiter zu sein. Oft treffen sie in der Form so sehr das Grundsätzliche von Erscheinungen, daß sich Assoziationen über Zeiten und Kontinente hinweg einstellen.
Galoppiert nicht das schwarze Pferd, rechts neben dem Streitwagen Dareios III., direkt in Darstellungsbereiche chinesischer Kunst hinein? Man wird an eines der vor Tatkraft berstenden Bronzepferde der Han-Zeit aus dem 2. Jahrhundert nach Christus erinnert *(Abb. 51)*, so kraftvoll sind die Bewegungen dieses wegstrebenden Prachttiers. Das ins Bild ragende Hinterteil eines anderen Pferdes dagegen nimmt sichtlich Elemente aus Velázquez' »Übergabe von Breda« vorweg. Daß Philoxenos im niedergebrochenen Pferd auch das Leid der Kreatur darstellte, läßt an Picassos Porträt eines hochaufgebäumten, wiehernden Rosses im Bombenhagel des »Guernica«-Luftkriegsbildes denken *(Abb. 73)*. Viel Mitgefühl ist dem Pferd, dem Kriegsbegleiter des Menschen durch Jahrtausende, in gängiger Geschichtsberichterstattung nicht zuteil geworden. In dem so oder ähnlich immer wiederkehrenden Satz »Fünfmal mußte er in der Schlacht das Roß wechseln« werden die sterbenden Tiere zu einem ornamentalen Beiwerk der Heldenverehrung. Mehr noch aber sind die Pferde in den vergangenen Jahrtausenden Symboltiere des Muts gewesen. »Unsere Gedanken sollen vorwärtsstürmen als Rosse und vorwärtsstürmend siegreich sein«, heißt es in der Rig-Veda, Indiens ältester Dichtung. Als Sinnbilder ruhig voranschreitender Kraft schließlich gelten Venedigs Renommierpferde, die vier kupfergrünen Rosse über dem Hauptportal der Markuskirche.
Die pompejanische »Alexanderschlacht« ist – in der Sprache heutiger Aufnahmetechnik – ein Triumph der Naheinstellung. Jener Meister, der das Thema »Alexanderschlacht« 1800 Jahre später anging, bevorzugte die Totale, das Überschaubild.

München im Jahre 1529

Erstmals stehen Angehörige des herzoglich-bayerischen Hofes vor dem Lichtereignis, das Albrecht Altdorfer geschaffen hat *(Abb. 53)*. Sie sehen auf dem gewaltigen Gemälde über Ströme von Gepanzerten hin und gleiten mit dem Blick – an Häusern, Türmen und Zeltlagern vorüber – in die Unendlichkeit blaudunstender Meere und Gebirgszüge. Gefangen aber werden die Augen von der Lichtglorie der aufstrahlenden, durchbrechenden Morgensonne.
Auf diesem Bild, das auch zu den bedeutendsten Lichtdarstellungen der europäischen Kunst gehört, wird der Mensch im Unendlichkeitssog einer gewaltigen Landschaft gesehen. Wer die beiden so unterschiedlichen Schlachtenbilder einen Augenblick auf sich wirken läßt, hat die Möglichkeit, nördliches und südliches Lebensgefühl miteinander zu vergleichen. Für die Menschen und Künstler des europäischen Südens ist die Landschaft Darstellungsbühne. Sie tritt zurück, wenn die Akteure ihren Auftritt haben. Bei Altdorfer aber sind auch die Hauptpersonen – der rechts in der unteren Bildmitte heransprengende Alexander und der in seinem schimmelbespannten Sichelwagen fliehende Perserkönig – erst nach einer kleinen Suche auszumachen. Hier sind die Menschen Geschöpfe der Landschaft und des Wetters.
Altdorfers Großbild, heute eines der Prunkstücke der Alten Pinakothek in München, hatte damals auch einen sehr aktuellen Bezug. Eine neue Bedrohung aus dem Osten näherte sich. Die Türken standen schon 1529 – gut 150 Jahre vor dem nächsten großen Ansturm – vor Wien.

Aus einer anderen Perspektive erlebt der heutige Betrachter dieses Werk prächtigster Detailmalerei. Er sieht mit den Augen des großen deutschen Renaissancemalers über das Metallmeer der Panzerköpfe in die Zeit und verharrt in der philosophischen Anschauung des Raums. Er sieht das Eisenspektakel und das, was bleiben wird bei allen Veränderungen, das *Licht*. Das waren auch die Gesichtspunkte, die Angerer den Älteren in den letzten Jahren zu einer eigenen Behandlung des Themas anregten.

Im Schaugepränge des kolossalen Bildes vergißt man fast das Feld der Hingemetzelten zwischen den Heeren. Die Truppen reiten wie zu einem gigantischen Turnier auf. Bilder der Kampfeswut sucht man hier vergeblich. Die gibt es jedoch in geballter Form auf Leonardo da Vincis Reiterkampfszene aus der »Schlacht von Anghiari« *(Abb. 50)*. Wir besitzen eine Kopie von Rubens, die der flämische Barockmeister wahrscheinlich nach Lorenzo Zacchias Kupferstich anfertigte. Wie in einer Explosion entlädt sich hier bedingungsloser Vernichtungswille. Hochaufgebäumt gehen selbst die Pferde mit gefletschten Zähnen beißend gegeneinander an, während die Reiter beim verbissenen Kampf um die Standarte ihre Klingen gegeneinander schmettern. Der Kampf über den hingestreckten Opfern ist total.

Nach dieser bitterernsten Kriegsszene ist der Hinweis, daß der Kampf ums Dasein sich auch satirisch ausdrücken kann, vielleicht ganz entspannend. Rabelais hat den »Krieg mit den Würsten« beschrieben. Lustig beginnt's, und ehe man sich versieht, wird's doch eine Metzelei. Eins aber ist sicher: Die Persiflage, die der Meister des Hausbuchs dem ritterlichen Turnierbetrieb zudachte, kennt kein Blutvergießen. Ganz ernst meinen es Ritter Knoblauch und Ritter Rettich auf seinem Kaltnadelblatt nicht. Raoul Michau hat in der Moderne in seiner »Schlacht der Kartoffeln« ein ähnliches Thema behandelt. Metallisch wird es dann auf einem Stich Pieter Brueghels, der auch vom Aufstand entfesselter Gegenstände handelt *(Abb. 55)*. In der burlesken Turbulenz erinnert die Graphik an den »Kampf ums Schloß«, das Großbild Angerers des Jüngeren *(Abb. 32)*. Rangelnde Kräfte sind in den tümmelfreudigen Metallgeschöpfen, hier und dort. Und auch in der Hartnäkkigkeit ihres Treibens ähneln sie sich.

Doch geht's beim »Kampf der Sparbüchsen und Geldtruhen« robuster zu als im Werk des schlüsselverliebten Surrealisten. Die wanstig vollen Sparbüchsen brechen unter Pfeilschüssen auf. Lanzen rammen die mit vielen Scharnieren gesicherten Truhen. Geldsäcke werden hochgerafft. Brueghels Leitsatz ist Bild geworden: In allen Kriegen geht es um Bereicherung. Das Blatt ist von großer plastischer Wirkung. Und hier liegen viele Verwandtschaften mit dem Gemälde Angerers des Jüngeren.

Schönheit und Grauen. Im Werk vieler Künstler vereinigen sich diese Elemente des Lebens. Wie aber, wenn das Grauen total wird? Es ist, als hätte Goya zu Beginn des 19. Jahrhunderts schon die allgegenwärtige Bedrohung geahnt, die die Menschen des 20. Jahrhunderts dann erlebten. Gigantisch hoch in die Wolken ragend steht ein Koloß über der Landschaft, und tief unter ihm stieben Menschenscharen in panischer Angst auseinander *(Abb. 77)*. Ein Künstler des Jugendstils, Bruno Paul, hat – mit ähnlicher Suggestionskraft – das Verhängnis Bild werden lassen. Auf seiner Darstellung der Pest *(Abb. 76)* steht ein alptraumhaft-großer Rattenfloh, der Überträger des »Schwarzen Tods«, über den fliehenden Soldaten, die von Ratten gejagt werden. Ruhiger und doch ganz eindringlich ist ein Bild, das der englische Cartoonist Low nach dem Grauen von Hiroshima zeichnete. Ein Weltgeist hält dem über den Globus kriechenden Säugling eine glänzende Kugel hin: »Will baby play with this ball?« Im Bereich der Bildhauerkunst gibt es ein Werk, das die Erinnerung an den Bombenterror des Zweiten Weltkriegs wie kein anderes wachhält. Gemeint ist »Das Mahnmal für das zerstörte Rotterdam« *(Abb. 75)*. Der Russe Ossip Zadkine schuf in kubistischer Formensprache einen schreienden Menschen, der die Arme in verrenkter Verzweiflung in die Lüfte reckt.

Die Macht zu Pferde

Die Fortschritte der Wissenschaft haben uns die Bedrohung aus den Himmeln eingebracht. Andere Jahrhunderte kannten andere Schrecken. In den Worten »Hunnen« und »Mongolen« hat sich das Grauen erhalten. Reiterstürme überschwemmten einst den Kontinent. Reiterkriege haben ein Großteil Weltgeschichte gemacht. Mit Streitwagenheeren dehnten einst die Ägypter und Hethiter ihre Territorien aus. Mit Reitermassen kamen auch die Awaren, die Ungarn und die Türken. Auf Löwen kann man nicht reiten und auf Adlern nicht fliegen: Sonst wären diese Raubtiere und Raubvögel sicher auch zu Kriegszwecken abgerichtet worden. Man nahm sie für Wappen und zähmte die Pferde.
Seit Jahrtausenden ist es auch üblich, herrscherliches Image mit Pferdestärken aufzubessern. Das hat sich bis heute nicht geändert. Versuchten noch Ägyptens Pharaonen, sich als plastische Giganten dem staunenden Volk vorzuführen – lieh Pharao Chephren der Sphinx von Gizeh und Ramses II. den Kolossen von Abu Simbel seine Gesichtszüge –, so präsentiert sich Roms Herrschergröße schon zu Pferde. Die Mächtigen, die ihre hochstrebenden Rosse mit sicherer Hand dirigieren, sind zu einer festen Vorstellung geworden. Da reiten sie, der erste Franz und der fünfte Karl, Marc Aurel und der große Kurfürst, die Colleonis und Gattamelatas – in den Gesichtszügen herrscherlicher Ernst.
Ernst sind die Großen auch ohne Pferd. Denn ruhig sind die Physiognomien der Macht. Ob sich der noch jugendliche Otto II. thronend wie ein Weltenrichter präsentiert, ob ein japanischer Kronfeldherr wie der Schogun Minamoto Yoritomo mit der festen Umrißlinie kantiger Kostümschultern Willensentschiedenheit ausdrückt oder der Renaissancefürst Federigo da Montefeltre sein unverwechselbares Profil dem Maler Piero della Francesca darbietet *(Abb. 58)*. Man sagt, der einäugige italienische Feldherr habe sich eine Kerbe in seinen Nasenrücken meißeln lassen, um im Kampfgewühl eine bessere Übersicht zu haben.
Hier sollen drei charakteristische Reiterdarstellungen kurz vorgestellt werden. In Siena, an einem der schönsten Plätze Europas, mit dem himmelschießenden Torre del Mangia, findet man im Palazzo Pubblico ein Fresko, das Simone Martini im Jahre 1328 gemalt hat. Das symbolhafte Bild zeigt den ausreitenden Feldherrn Guidoriccio da Fogliano bei der Belagerung von Montemassi *(Abb. 60)*. In diesem Bild fehlt jede Pose. Man fühlt sich auf eine merkwürdige Weise angerührt. Auch dieser einsame Reiter ist ein Kriegsstratege. Aber er macht einem die Grundsituation des Menschen klar, wachsamer Beobachter zu sein in einer ungeheuerlichen Welt. Es ist etwas von dem nächtlich witternden polnischen Reiter Rembrandts darin und etwas von Dürers Ritter zwischen Tod und Teufel.
Die grimmige Maske der Macht aber trägt ein bis in die Zehenspitzen gespannter Söldnerführer der Renaissance, der sich auf einem ebenfalls von unbändiger Kraft beseelten Pferd in die Höhe reckt. Da sitzt man in Venedig auf dem Campo Santi Giovanni e Paolo am Rio dei Mendicanti in einem Straßencafé und sieht zu dieser symbolgewordenen Plastik grimmigster Entschlossenheit hoch. Das Reiterdenkmal des Bartolomeo Colleoni *(Abb. 59)* wurde von dem Florentiner Bildhauer Andrea del Verrocchio geschaffen, und es erinnert in seiner Sprengkraft an die Unerbittlichkeit der Anghiari-Schlacht *(Abb. 50)*. Interessant zu wissen, daß Leonardo Schüler des Verrocchio war.

43 Japanischer Namban-Hachi-Helm mit Stahlmaske, 18. Jahrhundert

44 Rundschild mit Buckelspieß und Linke-Hand-Dolch, 16. Jahrhundert. Holzschnitt

45 Etruskischer Krieger, um 500 v. Chr. Terrakotta. New York, Metropolitan Museum of Art

46 Leonardo da Vinci, Sichelwagen mit Pferdegespann. Zeichnung

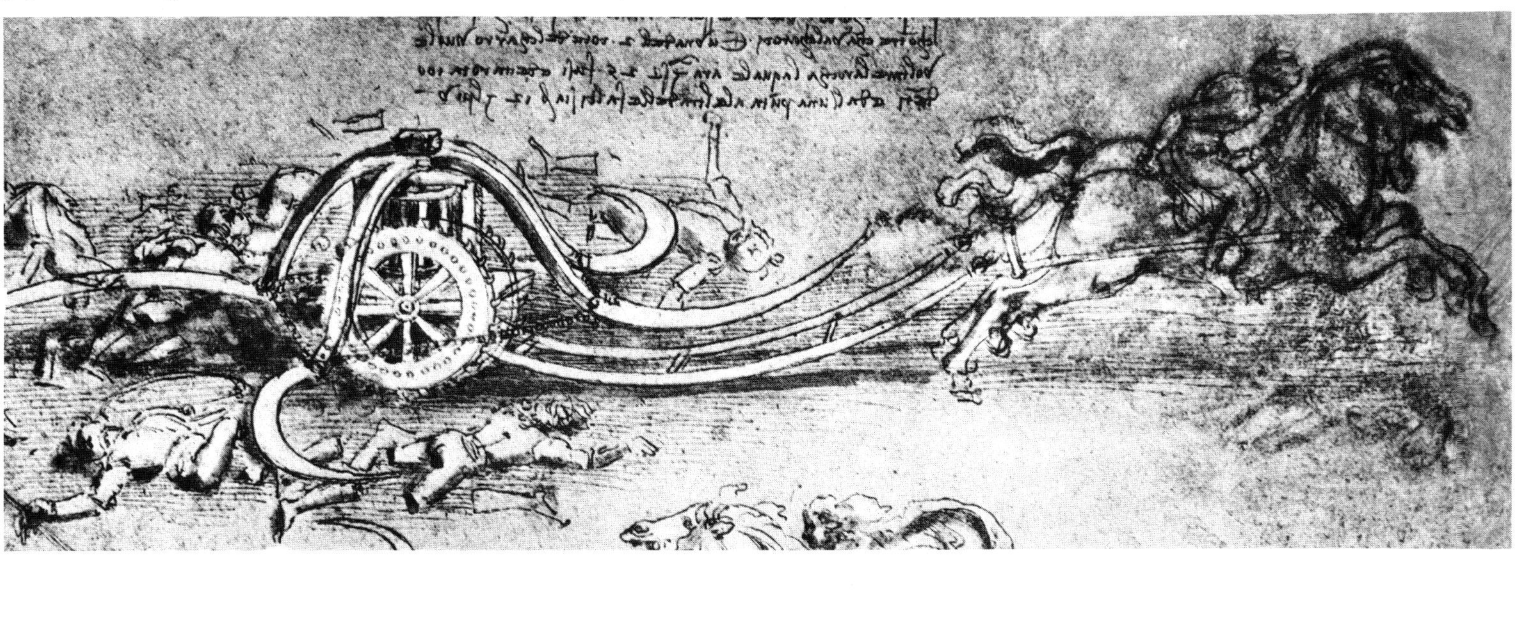

47 Sumerische Siegesstele des Eannatum, 2460 v. Chr. Relief. Paris, Louvre (Detail)

48 Paolo Uccello, Die Schlacht von San Romano, um 1456. Gemälde. London, National Gallery

49 *Der siegreiche Pharao im Kampf gegen Asiaten, nach 1323 v. Chr. Kleinmalerei auf einer Truhe aus dem Grab Tutanchamuns. Kairo, Ägyptisches Museum (Detail)*

50 *Peter Paul Rubens, Mittelgruppe der Anghiari-Schlacht, Zeichnung nach einem Kupferstich Lorenzo Zacchias, der nach dem Karton Leonardo da Vincis für ein Fresko im Palazzo Vecchio entstand, 1503–1506, Paris, Louvre*

51 *»Fliegendes Pferd«, östliche Han-Dynastie 2. Jh. n. Chr. Bronze*

52 *Die Alexanderschlacht, Mosaik aus Pompeji, um 325 v. Chr. Neapel, Museo Archeologico Nazionale*

53 Albrecht Altdorfer, Die Alexanderschlacht, 1529. Gemälde. München, Alte Pinakothek (Detail)

54 Pieter Brueghel,
Der Sturz der aufrührerischen
Engel, 1562. Gemälde.
Brüssel, Musée des Beaux-Arts

55 Pieter Brueghel,
Der Kampf der Sparbüchsen
gegen die Geldtruhen. Stich

56 Max Ernst, Europa nach dem Regen, 1940–1942. Gemälde.
Hartford/Connecticut, Wadsworth Atheneum, Ella Gallup
Sumner and Mary Catlin Sumner Collection (Detail)
© SPADEM, Paris/Bild-Kunst, Bonn 1984

57 Antoine Jean Gros, Napoleon I. besucht das Schlachtfeld von Preußisch Eylau, 1808. Gemälde. Paris, Louvre

59 Andrea del Verrocchio, Reiterdenkmal des Condottiere Bartolomeo Colleoni, nach 1479. Bronze. Venedig, Campo Santi Giovanni e Paolo

58 Piero della Francesca, Bildnis des Federigo da Montefeltre, Herzog von Urbino, 1460–1475. Gemälde. Florenz, Uffizien

60 Simone Martini. Guidoriccio da Fogliano bei der Belagerung von Montemassi, 1328. Fresko. Siena, Palazzo Pubblico

61 Jeanne d'Arc mit den Franzosen bei der Belagerung von Paris. Holzschnitt nach einer Miniatur von 1484

63 Käthe Kollwitz, Der Aufruhr, 1899. Radierung © Bild-Kunst, Bonn 1984

62 Eugène Delacroix, Die Freiheit führt das Volk auf die Barrikaden, 1830. Gemälde. Paris, Louvre

64 Francisco de Goya, Das Mädchen von Saragossa während des Aufstandes von 1808, Radierung aus der Folge »Los Desastres de la Guerra«, 1805–1815

65 Max Beckmann, Der Nachhauseweg, Lithographie aus der Folge »Die Hölle«, 1919 © Bild-Kunst, Bonn 1984

67 Amphora des Malers Exekias, Achilles tötet Penthesilea, um 530 v. Chr. London, British Museum

66 Streitwagen auf der »Standarte von Ur«, um 2400 v. Chr. Einlegearbeit. London, British Museum

68 Andreas Schlüter, Maske eines sterbenden Kriegers am Zeughaus in Berlin (Detail)

69 Paolo Baratella, Opfer von Napalmbomben, 1972. Fotomontage. Berlin, Galerie Poll

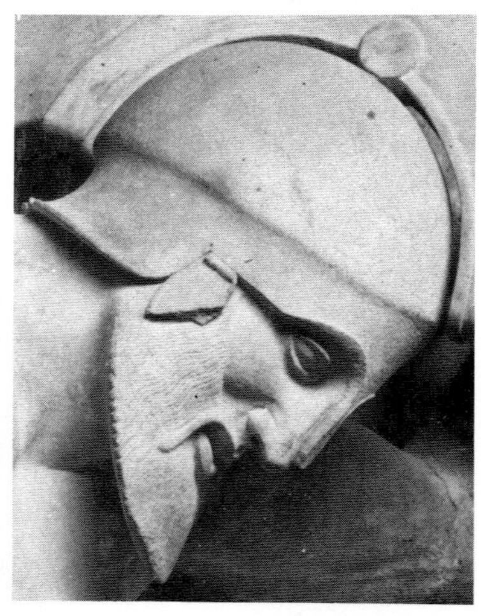

70 Sterbender Krieger, Giebelskulptur des Aphaiatempels von Ägina, nach 480 v. Chr. Marmor. München, Glyptothek (Detail)

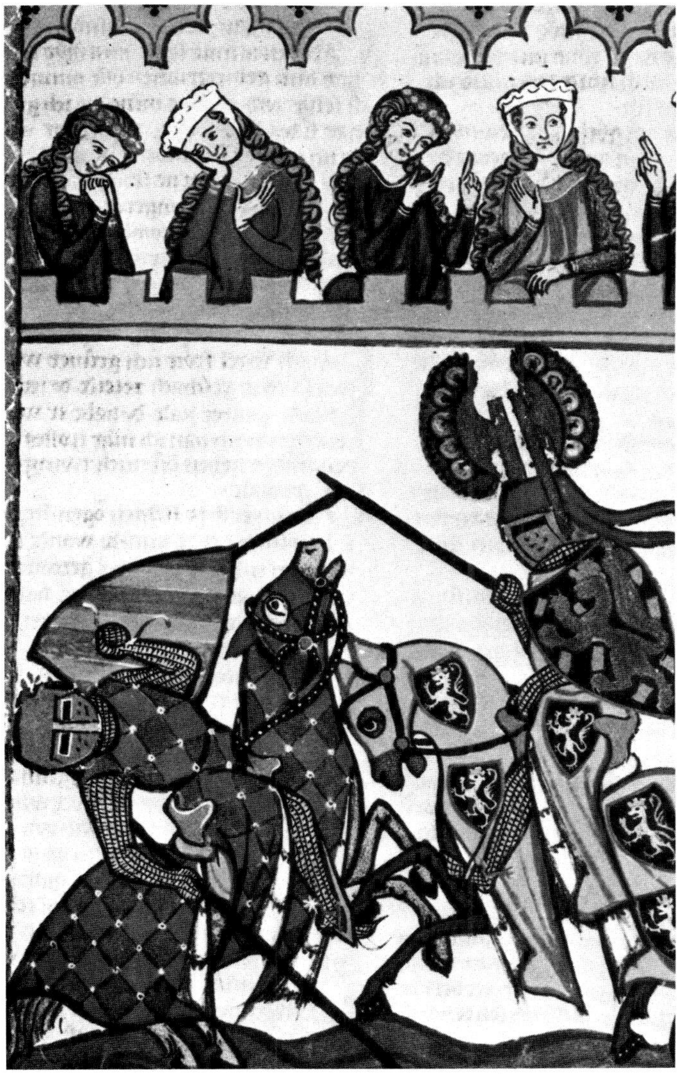

71 Walther von Klingen besiegt seinen Gegner beim Turnier, Miniatur aus der Heidelberger Liederhandschrift Codex Manesse, 1310–1340. Heidelberg, Universitätsbibliothek

72 Otto Dix, Mittelteil des Triptychons »Der Krieg«, 1929–1932. Gemälde. Dresden, Staatliche Gemäldegalerie

74 Der Sieg der Schweizer bei Sempach am 9. Juli 1386, Miniatur aus der Schweizer Chronik von Diebold Schilling. Bern, Burgerbibliothek (Detail)

73 Pablo Picasso, Guernica, 1937. Gemälde. Madrid, Prado (Detail) © SPADEM. Paris/Bild-Kunst, Bonn 1984

75 Ossip Zadkine,
Mahnmal für das zerstörte Rotterdam, 1948–1951.
Bronze. Rotterdam

76 Bruno Paul,
Pest in Südafrika, 1900.
Spritztechnik.
München, Staatliche Graphische Sammlung

77 Francisco de Goya,
Der Koloß, 1810–1812.
Gemälde. Madrid, Prado

78 Urkampf der Kentauren,
Relief aus einem Fries des Palazzo Spada in Rom,
nach 1540

Mit dem Colleoni-Denkmal wird härteste Tatkraft demonstriert. Ähnlich wie sich – gut zweitausend Jahre vorher – assyrische Könige bei der Löwenjagd darstellen ließen. Aber die Mächtigen konnten sich dem Publikum auch in gottähnlicher Gelassenheit zeigen, so wie Ägyptens Pharaonen auf ihren Streitwagenbildern. Jener Nimbus herrscherlicher Ferne umgibt auch einen Imperator des 19. Jahrhunderts, den man im Louvre finden kann. Auf dem Gemälde von Antoine Jean Gros ist Napoleon I., hoch zu Roß, über dem Schlachtfeld von Preußisch Eylau zu sehen *(Abb. 57)*. Sein Pferd hat Mühe, den schneeüberwehten Toten auszuweichen. Ein Sterbender grüßt herauf, vom Schlachtenlenker – inmitten seiner Marschälle – nicht wahrgenommen.
Hoch zu Roß auf einem Hügel über dem Schlachtfeld dargestellt zu werden, das war ein herrscherlicher Wunsch, den Maler vieler Jahrhunderte immer wieder verwirklichen mußten.

Heldenmädchen

Oft besaß der Feldherr für seine Truppen eine Idolfunktion. In den Mythen der Völker aber ist der Rausch des Sieges und der Geist der Freiheit oft durch Göttinnen verkörpert worden. Am Treppenaufgang des Louvre steht die marmorne Nike von Samothrake, Griechenlands Siegesgöttin, die mit ihrem sturmumtosten Gewand die Gewalt des Sturms deutlich macht und wie ein Symbol dieser Naturkraft wirkt. Von der Unsterblichen mit ihren windgebauschten Flügeln ist es ein weiter Weg bis zu dem schreienden nackten Weib, das Käthe Kollwitz über den Scharen der Aufständischen dargestellt hat *(Abb. 63)*. Es scheint, als habe in der Gestalt der Nackten der Lebenswille der verzweifelten Rotte Form angenommen.
Zu Freiheitsgöttinnen und Heldenjungfrauen hat Frankreich seit jeher ein besonderes Verhältnis gehabt. Frankreichs berühmtester Export auf diesem Gebiet, die Freiheitsstatue, ist zu einem Wahrzeichen von New York geworden. In unserem Vergleich sind vier Darstellungen zu sehen: Der düsteren, naturalistisch-symbolischen Radierung der Käthe Kollwitz aus dem Jahre 1899 steht wie eine grandiose Theaterinszenierung Eugène Delacroix' Gemälde der barbusigen, trikoloreschwingenden Freiheitsgöttin gegenüber *(Abb. 62)*. Die pathetische Entschlossenheit der schönen Barrikadenstürmerin, über die sich Heine einst mokierte, tut französischen Augen wohl. Man begegnet der Revolutionärin auf Plakaten und Briefmarken. Diese stürmende Gestik ist den Parisern auch von den siegbeflügelten Reliefs des Arc de Thriomphe vertraut. Ein ferner Abglanz solchen Lebensgefühls liegt noch über dem Holzschnitt, der die Jungfrau von Orléans vor Paris zeigt *(Abb. 61)*. Er entstand nach einer Miniatur aus dem Jahre 1484. Das vierte Bild vereint drastische Wahrheitsnähe mit einem Linienschwung von abstrakter Reinheit. In monumentaler Größe sieht man »Das Mädchen von Saragossa« *(Abb. 64)*. Das allerdings ist eine Spanierin, Augustina von Aragon, die 1808 bei der Belagerung der Stadt durch die Franzosen die Kanone auf die Eindringlinge abfeuerte, nachdem alle Männer gefallen waren. Goya hat sie auf einem Blatt der berühmten Radierfolge »Los Desastres de la Guerra« dargestellt. Der große Spanier ist ein unerbittlicher Chronist der Kriegesgreuel geworden und gleicht darin Jacques Callot, der mit seiner Radierfolge »Misères de la guerre« eine ähnliche Rolle für die Zeit des Dreißigjährigen Krieges spielt.

Die Opfer – die Verlierer

Die Kriegsopfer zu zeigen lag nicht im besonderen Interesse der Herrschenden. Und doch gibt es aus vielen Jahrhunderten Darstellungen des Kriegsleids. Bei

Homer verbeißen sich die Fische eines Flusses in den Därmen eines Verletzten. Und der chinesische Dichter Li Tai-pe schreibt im 8. Jahrhundert: »Es schlingen Eingeweide sich von Baum zu Baum in Schnüren, die Raben krächzend auf die Zweige führen. Soldaten liegen tot auf des Palastes Stufen. Es mag der tote General die Toten rufen.«

Das Bild eines Gefallenen findet man schon auf der »Standarte aus den Königsgräbern von Ur« *(Abb. 66)*. Das mosaikähnliche Kunstwerk zeigt auf einer Szene den Toten zwischen den Hufen der wilden Esel, die einen Streitwagen ziehen – einen jener Streitwagen, mit denen damals in den Ebenen Mesopotamiens Kriege geführt wurden. Starr liegt er da mit drei tiefen Brustwunden und gleicht den Toten auf dem Wandteppich der Kathedrale von Bayeux, den Opfern der Schlacht von Hastings im Jahre 1066. Leichenfledderer ziehen den getöteten Rittern auf dem Bildteppich die Panzerhemden aus. Sie sind zur Sache geworden wie die toten US-Soldaten, die auf einem Bild von Jean Lagarrigue in einem Wagen der Stadtreinigung, wie Abfall übereinandergekegelt, wegtransportiert werden. Schrott, wie ein Leichenfahrer sagen würde.

Es gibt Fotos vom Golfkrieg unserer Tage, auf denen Gefallene mit Räumbaggern zusammengeschaufelt werden. Nach der Schlacht bei Königgrätz schrieb Moltke am 7. Juli 1866: »Die toten Österreicher und Sachsen lagen mehrerenteils noch unbeerdigt. Man war beschäftigt, große Gruben zu graben, und hatte Massen Leichen dahingeschleppt.« Es ist, als sei in Jahrtausenden nichts dazu gelernt worden, wenn man den in Todesmüdigkeit niedersinkenden Äginetenkrieger aus der Münchner Glyptothek *(Abb. 70)* mit Schlüters Masken sterbender Krieger am Zeughaus in Berlin vergleicht *(Abb. 68)*. Und Grauen ist es auch, das sich dem Betrachter auf einem Vasenbild im British Museum der englischen Metropole darbietet. Achilles, der mit helmentstelltem Gesicht einem schwarzen Dämon gleicht, stößt auf der rötlich schimmernden, bauchigen Amphora aus dem Jahre 530 vor Christus der Amazonenkönigin Penthesilea seine Lanze von vorn in den Hals *(Abb. 67)*.

Wer diese Bilder des Todes sieht, denkt kaum noch daran, daß seit Jahrtausenden alles mit bunten Schauspielen begann. Ein Frühling von Farben schimmert auf den Mänteln der Ritter, die uns in der Manessischen Handschrift begegnen *(Abb. 71)*. Kostbar sind die Satteldecken, buntlackiert die Schilde. Die eisernen Akteure schätzten es, auf den Turnierfeldern vor weiblichen Publikum ihre Kampfkraft zu trainieren.

In seinem Buch »Frauendienst« berichtet Ulrich von Lichtenstein von den Ausrufen der Herolde: »Ziehet aus, ihr edlen Ritter, ziehet aus mit frohem Mute! Denn der Frauen Boten nehmen euch wahr! Ziehet hinaus aufs Feld mit Freuden, wo der Preis liegt für die um Minne Werbenden!«

Das war's also! Das brachte sie auf die Pferde, die metallischen Hirsche. Weltgeschichte als Balztheater! Die Kriegermoden sind dafür prächtige Beweise. Oder, um mit Schopenhauer zu sprechen: »Das Verhältnis der Geschlechter ist der unsichtbare Mittelpunkt aller Handlungen.« Wie lebhaft sie Anteil nahmen, die zarten Schönen, sieht man auf den Miniaturen. Dann auf einmal wird es blutig. Rot spritzt es aus einem Metallhelm. Herr Walther von Klingen hat seinen Gegner aus dem Sattel geholt.

Die Ritter trainierten für den Ernstfall. Für neue Auftritte auf der Bühne der Macht. Denn immer wieder entlud sich die Wut, wurden Machtverhältnisse verändert, zogen Kriege Brandnarben durch Landschaften und Städte.

Am 9. Juli 1386 gingen auf dem Schlachtfeld von Sempach die Ritter eines österreichischen Heeres im Ansturm der Schweizer unter. So stilisiert das Bild auch ist,

das uns Diebold Schilling in seiner Schweizer Chronik überliefert hat *(Abb. 74)*, hier spürt man, wie unentrinnbar die Männer an diesem fernen Sommertag in den Alptraum eines Kampfes gezogen werden. Nach vorn gekrümmt die Toten oder hintübergefallen: So liegen Opfer.
Aber schonungsloser dargestellt wurden sie auf den Bildern unseres Jahrhunderts. Im Licht einer Straßenlaterne sieht der Maler Max Beckmann in das entstellte Gesicht eines Kriegsverletzten, als könnte er das Grauen nicht fassen *(Abb. 65)*. Und Paolo Baratella zeigt von Napalmbomben zerfressene Gesichter nach einem Luftangriff *(Abb. 69)*.

Symbolbilder der Moderne

Zum Symbolbild des Luftkriegs wurde Picassos »Guernica« *(Abb. 73)* mit seinen schreienden und zerstörten Menschen. Picassos »Massaker von Korea«, das Frauen und Kinder vor einem Erschießungspeleton zeigt, ist weniger bekannt geworden. Jahrhundertbilder des Krieges schuf auch Max Ernst *(Abb. 56)*. Er zeigt »Europa nach dem Regen«, als hätte eine Naturkatastrophe die Länder heimgesucht. Doch vom Inferno des Schützengrabenkrieges gibt kein Bild eine so erschütternde Auskunft wie das Werk von Otto Dix *(Abb. 72)*.
Er hat die Todeslandschaft des Ersten Weltkriegs gemalt. Von Geschoßgarben durchlöcherte tote Soldaten, aus deren Mündern Blut gestürzt ist, liegen zwischen glänzend verkohltem Holz und niedergerissenen Wellblechdächern. Mit grinsend verzerrtem Gesicht hängt ein Skelett hoch in einer abgeknickten Stahlstrebe, als schreie es den Toten noch Parolen zu. Ein einziges lebendes Wesen bewegt sich noch in dieser irdischen Hölle: ein Soldat – verborgen unter Stahlhelm, Gasmaske und erdbraunem Umhang.
Sie lebten wie in einer fernen Welt, die Männer, die in den geschoßzerwühlten Landschaften wieder zu Höhlenbewohnern geworden waren. Die Stimme eines englischen Dichters erinnert daran. Wilfred Owen, dessen Versen man auch im »War Requiem« von Benjamin Britten begegnet, fiel 1918, fünf Tage vor dem Waffenstillstand als Infanterieoffizier in Flandern. Man meint, einen Menschen aus einem Alptraum zu hören:
»Mir war, daß aus der Schlacht ich jäh versank
In Trichter abgrundtief, uralt, gehöhlt ...«
Wie weich wird man angerührt von einer Stimme, die aus einem anderen Leben zu kommen scheint:
»Ich bin der Feind, den du erschlugst mein Freund.
Sterbend erkannt ich dich: so finster sahst du
mich gestern an, als du mich tötetest.
Ich wehrte dir ja nur mit müder Hand.
Nun laß uns schlafen ...«

Der Urkampf

Versöhnend sind diese Worte. Leid macht menschlich. Wie kam es zu diesem allen? Wie fing alles an? Der Palazzo Spada in Rom, reichgeschmückt mit Standbildern und Ornamenten, hat einen Fries, auf dem kämpfende Kentauren zu sehen sind *(Abb. 78)*. Da sind sie, da sind wir – halb Tier, halb Mensch – mit brodelnden Kräften vom ersten Anfang an. *Wie* können sie gelenkt werden?

Haus Templin bei Baden-Baden

Blick ins Treppenhaus

Ansicht von Südosten ▽

Ludwig Valentin Angerer
der Ältere

1938 geboren in Bad Reichenhall

1964 nach abgebrochenem Elektro- und Stahlbaustudium Architekturstudium an der Akademie der Bildenden Künste in München bei Professor Sep Ruf; Vervollkommung der Kenntnisse in Aktzeichnung, Aquarell, Ölmalerei, Radierung und Lithographie

1968 als Denkmalspfleger und Entwurfsarchitekt bei Alexander von Branca in München tätig

seit
1975 freier Architekt mit zahlreichen Preisen in verschiedenen Wettbewerben

1978 Aufnahme in Thieme-Beckers Künstlerlexikon, Leipzig

1982 experimentelles Filmwerk »Phantastik der Sehnsucht« – Malerei, Musik und Dichtung als Gesamtkunstwerk im Videosystem – in Zusammenarbeit mit Axel Reuter und Manfred van Well
zur Zeit ausschließliche Beschäftigung mit Malerei und experimenteller Architektur

geplante Vorhaben
im Bereich experimenteller Architektur Modellbau des »Deutschen Einheitsmonuments« (erläutert in: Gustav René Hocke, Phantastik der Sehnsucht – Zum künstlerischen Werk der Gebrüder Angerer) mit Filmdokumentation
Aufbau einer Elitemalschule im Sinne des Werkstattgedankens der Alten Meister mit einer begrenzten Anzahl hochtalentierter Schüler

1/50 "A pulvere in pulverem" Angerer A.J.

Walter Andreas Angerer der Jüngere

◁ *Angerer der Jüngere,*
A pulvere pulverum, 1984.
Tinta-Angerer, Radierung, 47:33 cm

Angerer der Jüngere,
Turmbauten, 1983.
Mischtechnik, 23:14 cm

1940	geboren in Bad Reichenhall
1964 bis 1970	Sprach- und Graphikstudium in München, Salzburg und Paris; als Texter, Designer und Feuilletonist tätig
seit 1972	freischaffender Künstler
1976	Ehrenpreis für Malerei der Stadt Salzburg
1977	Ehrenpreis für Radierung der Sommerakademie in Salzburg
1978	Aufnahme in Thieme-Beckers Künstlerlexikon, Leipzig
1984	Studium an der Polish University, London, mit dem Abschluß eines Magisters der Druckgraphik und der Kunstgeschichte
1984	Goldmedaille für Radierung, Polen

Verzeichnis der Tafelabbildungen

Bei allen Maßangaben versteht sich Höhe vor Breite. Fehlen Besitzerangaben, befinden sich die Bilder in Privatbesitz.

Wenn die Maltechnik nicht angegeben ist, handelt es sich ausschließlich um Acryl und Öl auf Holz.

1 Angerer der Ältere, Welttheater, 1981/82. 200:150 cm. In Besitz der Familie Buck
2–9 Angerer der Ältere, Welttheater (Ausschnitte in Originalgröße, Abb. 9 leicht vergrößert)
10 Angerer der Ältere, Kampf der Astralgeister, 1984. Pastell, 64:48 cm
11 Angerer der Ältere, Raumritter, 1982. 62:35 cm
12 Angerer der Ältere, Exchange, 1983. 74:92 cm. In Besitz von Fürst Thurn und Taxis
13 Angerer der Ältere, Die Welt als Labyrinth – Gustav René Hocke gewidmet, 1984. 40:40 cm. In Besitz von Gustav René Hocke.
14 Angerer der Ältere, Muschelbelagerung, 1978. 23,5:47,5 cm. (Ausschnitt)
15 Angerer der Ältere, Das Paar und die Apokalypse, 1981. Aquarell, weiß gehöht, 22:30 cm
16 Angerer der Ältere, Schicksalsbild, 1981. Aquarell, 16:15 cm
17 Angerer der Ältere, Apokalypse, 1983. 18:19 cm
18 Angerer der Ältere, Margit als Walküre, 1981. Miniatur, Höhe 8 cm (Originalgröße)
19 Angerer der Ältere, Paragraphus, 1978. 20,5:14,5 cm
20 Angerer der Ältere, Gullivers Eroberung oder »Deutsches Requiem«, 1981–1984. Aquarellierte Federzeichnung, 24:66,5 cm
21 Angerer der Ältere, Schattenturm, 1984. 30,5:19 cm
22 Angerer der Ältere, Getroffener Stier mit Taube, 1980. 20:13 cm
23 Angerer der Jüngere, Magier mit den vier Augen (Drehbild), 1982. 30:40 cm
24 Angerer der Jüngere, Die Menschenhacke, 1983. 25:33 cm
25 Angerer der Jüngere, Tiefseetaucher, 1979. Aquarell, weiß gehöht, 18:17 cm
26 Angerer der Jüngere, Duell mit Sekundanten, 1980. Aquarell, 27:20 cm
27 Angerer der Jüngere, Blechseelenaufmarsch oder Heimkehr der Helden, 1979. Aquarell, 27:43 cm (Beischrift neben dem Bild: Ungeschlagen – geschlagen die seelenlose Herde. Triumphierend zermarschieren sie.)
28 Angerer der Jüngere, Perchtenlauf im Berchtesgadener und Salzburger Land, 1979. Aquarell, 24,5:65 cm
29 Angerer der Jüngere, Die Versuchung des hl. Antonius, 1979. Aquarell, 47,5:25 cm
30 Angerer der Jüngere, Der Gedankenturm, 1975. 23:20 cm
31 Angerer der Jüngere, Der Kampf ums Schloß (Ausschnitt, siehe Abb. 32)
32 Angerer der Jüngere, Der Kampf ums Schloß, 1982/83. 120:90 cm. Im Besitz der Familie Buck
33–40 Angerer der Jüngere, Der Kampf ums Schloß (Ausschnitte in Originalgröße)
41 Angerer der Jüngere, Rainer Werner Fassbinder, 1983. 29:45 cm
42 Angerer der Jüngere, Aufruhr der Maiskolben, 1983/84. 70:110 cm

Ankäufe

Folgende Institutionen haben Bilder der Gebrüder Angerer oder Werke jeweils eines der beiden Künstler erworben:

Bayerische Staatsbibliothek, München
Bildungszentrum St. Ulrich, Augsburg
Familie Buck, Bad Reichenhall
Centre culturel allemand, Tunesien
Deutsche Bibliothek, Frankfurt am Main
Deutscher Bundestag, Bonn
Edition Roth-Händle, Lahr (Baden-Württemberg)
Königspalast Lesotho
Kunstforening Sophienholm, Lyngby bei Kopenhagen
Münchner Stadtmuseum
Polish University, London
Stadt Bad Reichenhall
Stadt Salzburg
Stadt Wien
Fürst Thurn und Taxis, München

Fotonachweis

Alinari, Florenz (1); Archiv für Kunst und Geschichte, Berlin (8); British Museum, London (1); Burgerbibliothek, Bern (1); Hirmer Fotoarchiv, München (3); Holle Bildarchiv, Baden-Baden (1); Kindler Archiv, München (1); Kunsthalle Hamburg (1); National Gallery, London (1); Österreichisches Museum für angewandte Kunst, Wien (1); Karl-Heinz Rhein (2); Staatliche Graphische Sammlung, München (1); Rudolf Schicht, Bad Reichenhall (42)
Alle übrigen Vorlagen stammen aus dem Bruckmann-Bildarchiv